裏火盗裁き帳

五

吉田雄亮

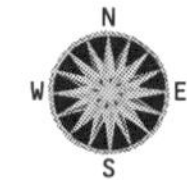

コスミック・時代文庫

この作品は二〇〇五年六月に刊行された『裏火盗罪科帖（五）閻魔裁き』（光文社時代小説文庫）を改題し、大幅に加筆修正を加えたものです。

目次

第一章　変生（へんせい）……5
第二章　瞋怒（しんど）……67
第三章　纏繞（てんじょう）……128
第四章　微光（びこう）……190
第五章　帰趨（きすう）……256

第一章　変（へん）　生（せい）

一

胴田貫（どうだぬき）の刃先が、月明かりを浴びて鈍い光を発した。結城蔵人（ゆうきくらんど）は、法恩寺（ほうおんじ）の総門前、参道脇の草地にいる。愛刀の胴田貫を下段に構えていた。

対峙（たいじ）している相手は、二百十石を拝領する直参旗本、小普請組（こぶしんぐみ）の竹本三郎次（たけもとさぶろうじ）であった。一刀流皆伝の腕を持つ竹本は、正眼に構えて、凝然と蔵人を睨（にら）み据えている。

六尺豊かな、筋骨逞（たくま）しい体軀（たいく）。色黒で濃く太い眉（まゆ）。ぎょろりとした眼と低く顔面に根を張ったかのような鼻。分厚く大きな唇。魁偉（かいい）といってもいいすぎではない、竹本の容貌であった。

中背で細身の蔵人は、いかにも頼りなげな、柔弱者の優男（やさおとこ）としかみえなかった。

が、竹本の面が緊張に赤黒く怒張しているのにくらべ、蔵人の様子には、何の変容もみられなかった。奥二重の切れ長な眼には、涼やかなものさえ宿っていた。たがいに剣を抜きはなち、睨み合ってから小半刻（三十分）にならんとしている。蔵人はできうることなら剣を交えることは避けたかった。そのおもいは、命のやりとりをしているいまも変わってはいない。竹本の動きに気を注ぎながら蔵人は、果たし合いにいたった経緯をおもいおこしていた。

江戸の巷は、相次ぐ押込みと公儀の要人暗殺に恐怖の坩堝と化していた。石川島人足寄場を創建し、加役寄場取扱に任じられた火付盗賊改方長官・長谷川平蔵は、寄場の務めに時間が割かれ、本来の任務である探索がおろそかになるは必至と判断し、老中筆頭・松平定信と計らって、密かに探索を行う蔭の組織・裏火盗を結成した。長谷川平蔵が裏火盗の頭領として白羽の矢をたてたのが、小身の旗本・結城蔵人であった。

が、蔵人は理不尽極まる横車を押し、悪の限りを尽くした目付を、一刀のもとに斬り捨て、その罪を咎められていた。いったんは切腹の座についたものの、平蔵の懇望を聞き入れた松平定信が強権を発動し、一命を永らえることとなった。

表向きは［病にて急死］とされた蔵人は、ひそかに裏火盗頭領の任に就き、続発する凶悪事件の探索に励んでいた。

いま結城家の家督は、姉・雅世が嫁いだ御書院番番士・大石半太夫の次男・武次郎が継いでいる。裏火盗に配された小身旗本たちも、全員が隠居の扱いをうけ、それぞれの家督を嫡子、あるいは弟に譲っていた。

深編笠をかぶり、できうるかぎり面をさらさぬように行動してきた蔵人だったが、

（見知った者と突然出会い、面を見極められ、死んだとされた者がなぜ生きていると咎められることもありうる）

との覚悟も決めていた。

そして、今夜、抱きつづけてきた危惧が現実となって蔵人を襲ったのである。

この夜、結城蔵人は裏火盗の一員・安積新九郎とともに、本所の町々の見回りをつづけていた。入江町の時鐘が夜五つ（午後八時）を告げてから、ほぼ半刻（一時間）近く過ぎていた。何の異変もないまま、蔵人たちは緑町の武家屋敷が建ちならぶ一画にいた。

周囲に気を配りつつ、歩みをすすめていた蔵人と新九郎が、ほとんど同時に足

を止めた。

「聞こえるか」

「鉄を打ち合わせるような物音が」

蔵人の問いかけに新九郎が応じた。通りに身を伏せ、地面に耳をつける。顔を上げて告げた。

「南割下水近く、横川寄りの方角に入り乱れた足音らしき気配が」

「行くぞ」

蔵人が走り出した。跳ね起きて新九郎が後を追う。

上野沼田藩中屋敷と、伊予今治藩下屋敷の間の通りへ駆けこんだ蔵人が、南割下水近くで斬り合う、数人の武士たちの姿を見いだした。

蔵人は一気に走った。刀の鯉口を切る。背後で新九郎が抜刀する気配がした。

蔵人らがほぼ五間（約九メートル）の距離に迫ったとき、羽織袴姿の中年の武士が黒覆面のひとりに肩から胸もとにかけて深々と切り裂かれ、朱に染まって転倒した。

道端に若党らしき死体が転がっている。どちらが襲撃したかは明らかであった。

黒覆面で顔を隠すなど、顔をさらすことのできぬ何らかの理由がなければなさぬことであった。

（辻斬り）

咄嗟に判断した蔵人は、深編笠を脱ぎ捨てた。刀を抜き放ち、転倒した武士に止めの突きをくれた、黒覆面の一団に斬ってかかる。新九郎も斬り込んだ。

黒覆面のひとりが蔵人の大刀を鎬で受けた。跳び下がりざまに、刀を逆袈裟に振るった。迅速の業であった。蔵人もまた、跳び下がり、胴田貫を袈裟懸けに打ち振った。鉄と鉄を打ち合わせた鈍い音が響き、火花が飛び散った。

たがいに間合いをとり、身構えた黒覆面が、一瞬、息を呑んだ。動きに驚愕が滲み出ていた。蔵人もまた、奇異なおもいにとらわれていた。太刀筋が、よく見知った旗本のひとりの振るう剣技と、酷似していた。しかし、蔵人はそのおもいを強く打ち消した。黒覆面が止めをさした武士は、直参旗本とおもわれた。旗本が旗本を暗殺するなどあろうはずがなかった。

蔵人の思考を、対峙する黒覆面の鋭い声が断ち切った。

「退け」

その下知に、残る一味の者たちが逃げ出した。新九郎が追う。頭格とみえる黒覆面は、新九郎が追った一群とは逆の方向へ駆けだした。明らかに蔵人と新九郎を分断するための動きだった。

蔵人は躊躇なく頭格の後を追った。

黒覆面は南割下水に架かる小橋を渡り、左へ折れて三笠町の町家の手前を左へ入った。この辺りは、小身旗本の屋敷のつらなる一画であった。黒覆面は吉岡町の町家の手前の路地を右へ折れ、一気に走った。追いながら蔵人は、

（土地勘がある）

と推量しはじめていた。逃げ方に惑いがなかった。黒覆面が突き当たりを左折したとき、推量は確信に変わった。横川へ出て、法恩寺橋を渡ると法恩寺、霊山寺と大寺院がつづく一帯に出る。待ち伏せるには最適の処であった。

黒覆面は予測どおり、法恩寺橋を渡り、一気に南本所の町家が密集する一画を走り抜け、法恩寺の総門に向かう参道へ走り込んだ。参道に足を踏み入れた蔵人は、右手に刀を下げ持ち、警戒の視線をぐるりに走らせながら、ゆっくりと総門へ向かって歩みをすすめた。

人の気配はなかった。が、油断は禁物であった。剣の達人・上手になると気配を消すなど、造作のないことだった。

総門に数歩の距離に達したとき、蔵人は背後に人の気配を察した。刀の鯉口を

切りながら、ゆっくりと振り返った。

参道脇の大木の蔭から、黒い影が姿をあらわした。腰に大小二本の刀を携えていた。

「やはり結城蔵人であったか。病で急死したと聞いていたが、足が二本あるところをみると、幽霊ではなさそうだな」

そういった二本差の面を、月が照らし出した。

「竹本三郎次、直参旗本のおぬしが、なぜ辻斬りを」

蔵人の問いかけに、竹本はせせら笑いで応じた。

「知らぬな。おぬし、夢でも見たのではないのか」

蔵人は無言で見据えた。渋茶色の小袖を着流した竹本の出で立ちは、辻斬りの場に斬り込んだ蔵人と刃を合わせた、黒覆面の身に着けていたものと寸分の狂いもなかった。

「辻斬りとおぬしの出で立ちは同一のもの。見えすいた言い訳はせぬことだ」

竹本は蔵人を睨み据えた。刀を抜きはなった。

「死んだはずの結城蔵人の姿を見かけた、という旗本が何人かいた。他人の空似であろうとおもっていたが、まさかこうして、おれ自身が眼(ま)の当たりするとはな」

蔵人はことばを重ねた。

「なぜ辻斬りをする」

竹本は刀を正眼に構えた。

「なぜ急死したなどと偽りを申し立てて、世間を欺(あざむ)く。察するに、秘密の務めについているとおもえるが」

蔵人はさらにいった。

「なぜ、辻斬りをした」

「問答無用。一度果てたおぬしに、今一度、おれが引導を渡してやる。迷わずあの世へゆくがよい」

竹本が痛烈な突きをくれた。蔵人は、横へ跳んでかわした。右下段に構える。たがいに手の内を知りつくした相手であった。竹本三郎次は四谷(よつや)の真壁普門(まかべふもん)の道場に通い、四天王と評された剣の名手であった。

蔵人が鞍馬古流(くらまこりゅう)なる古武術を会得(えとく)しているとの噂を聞きつけ、しつこくつきまとって、しばしば野仕合(のじあい)を申し入れてきた。最初はやり過ごしていた蔵人だったが、卑怯者よばわりをされたことと、若気の血気から旗本仲間を立会人に、木刀で立ち合ったことがある。

三本勝負のうち、一本目は蔵人が、二本目は竹本が、それぞれ一本ずつ取り合った。三本目はたがいに睨み合ったまま譲らず、小半刻（三十分）ほど過ぎ去ったところで、立会人が引き分けを告げた。

蔵人は、花舞（はなまい）の太刀など鞍馬古流につたわる秘剣を、この野仕合では使わなかった。花舞の太刀、流葉（ながれば）の剣は、必殺の太刀筋である。真剣の勝負でこそ、威力が発揮される秘技であった。

野仕合にのぞんだとき、蔵人はすでに血気に逸（はや）ったことを後悔していた。はなから引き分ける気で挑んだ勝負であった。が、そのことを竹本三郎次は知らない。

後日、竹本三郎次が、

「引き分けを告げなかったら、結城蔵人を烈（はげ）しく打ち据え、腕の一本も叩き折ってくれたものを、立会人め、早計な判断をくだしおって」

と吹聴（ふいちょう）してまわっていると聞かされ、腹立たしいおもいにとらわれたものだった。

そして、いま……。

蔵人は再び竹本三郎次との勝負にのぞんでいる。蔵人は、この勝負に、

「花舞の太刀、使うに及ばず」

と判じていた。

蔵人は裏火盗の任に就いてからというもの、数多くの修羅場に挑んでいた。殺(や)らねば殺られる。命のやりとりが当たり前の真剣での斬り合いは、剣技を飛躍的に上達させていた。蔵人は、

「勝負は、集中力の持続の差で決する」

との、勝負の奥義(おうぎ)ともいうべき悟りを得ていた。

「刀はしょせん人の命を断つための道具。いかに心正しき者でも刀で斬られれば、おのが肉体から鮮血を迸(ほとばし)らせて、死ぬ。正剣も邪剣もない。刀とは、そういうものなのだ」

との確信を持つにも至っていた。

蔵人は、呼吸に乱れのみえてきた竹本三郎次に告げた。

「おれは、これ以上おぬしと命のやりとりをつづける気はない。おれと相まみえたことを口にしないことを約し、辻斬りの理由を話してくれたら、この場は別れとしたいが」

竹本の満面が朱に染まった。

「斬る」

一声吠（ほ）え、上段に大刀を振り上げ、斬りかかった。蔵人は、大刀を胴田貫の鎬で受けた。刀身を滑（すべ）らせて竹本の躰（からだ）におのれの背をつけ、鍔迫（つばぜ）り合（あ）いの体勢をとった。

「心変わりはせぬか」

問いかける蔵人に竹本が血走った眼を剥（む）いた。

「勝負は、おれが勝つ」

いうなり肘打ちをくれた。蔵人は、竹本が動くとみえる前に、すでに跳び離れていた。

蔵人が下段、竹本が正眼に構えて、再び対峙した。

「やむを得ぬ。参る」

蔵人が静かに告げた。

「死ね」

竹本が正眼を崩さず一気に突きを入れた。凄（すさ）まじい一撃といえた。蔵人は、身をかわしざま、下段から逆袈裟に竹本の右脇腹から左腋の下へ向けて、胴田貫を一閃（いっせん）していた。

突きを入れた形のまま、竹本が蔵人の小脇を数歩走り過ぎた。衣服は腰の上から斜め横上に切り裂かれていた。竹本がよろめき崩れる。よろけた拍子に傷口が開いたのか、見る見るうちに小袖が血に染まった。

竹本は何かいいたげに数回口を動かした。が、それまでだった。握りしめた刀の重みに引きずられるように、前方に倒れ込んでいった。

蔵人は油断なく、俯せに倒れた竹本を見据えていた。身動きひとつしなかった。絶命を見極め、胴田貫を鞘におさめた。行きかけて足を止め、振り返った。竹本三郎次は刀を握りしめ、横たわっていた。骸の下は血の池と化していた。蔵人は踵を返し、歩き出した。二度と振り返ることはなかった。

月は皎々と冴え渡り、竹本三郎次の骸を照らし出している。

二

翌早朝、蔵人は雪絵を走らせ、柴田源之進、木村又次郎、安積新九郎、真野晋作らを招集した。

貞岸寺裏の蔵人の家に、柴田らが馳せ参じたとき、奥の座敷には蔵人と副長の大林 多聞が待ち受けていた。蔵人は腕を組み、眼を閉じてなにやら思案しているかにみえた。柴田らが座敷に入ってくると、静かに眼を見開き、襖の外に控えた雪絵にいった。

「雪絵さん、すまぬが朝餉の用意に掛かってくれぬか。会合を終え次第、多聞さん以外の者は皆、聞込みに走ることになるでな」

うなずき雪絵は、台所へ立ち去った。蔵人は多聞らを見渡し、告げた。

「昨夜、新九郎と見廻りへ出向いた本所で、黒覆面で顔を隠した辻斬りと出くわした」

柴田らが緊迫に息を呑むのがわかった。

「数人いた辻斬りは、公儀の役職にある旗本らしき武士に止めを刺したあと、二手に別れて逃亡した。おれは、斬り合った一刀流の使い手を追い、新九郎が残りの者を追った」

新九郎が口をはさんだ。

「私が追った者たちは、たがいに計らって、路地に逃げ込んでは姿をくらまし、また現れては姿を隠すの繰り返しで、残念ながら取り逃がしてしまいました」

新九郎は無念そうに唇を歪めた。木村が、ことばを添えた。

「逃げ方からみて、土地勘のある者と推断するべきであろうな」

蔵人がつづけた。

「おれが追った相手も、土地の事情に詳しい者だった。おれを法恩寺に誘い込み、真剣の勝負を挑んできた」

「待ち伏せて、勝負を挑んできた」

多聞が呻き、柴田らと顔を見合わせた。

「血闘の相手は、直参旗本・竹本三郎次。黒覆面はしていなかったが、辻斬りと同じ衣服を身にまとっていた。その場の状況からみて辻斬りの一味であることはまず間違いあるまい」

「直参旗本がなぜ辻斬りなどを」

柴田が声をたかぶらせた。

「わからぬ。が、このところ相次ぐ、公儀の役人を狙っての辻斬り騒ぎ。竹本がからんでいる可能性は大きいとみるべきであろうな」

応じた蔵人に木村が問いかけた。

「御頭は、竹本三郎次からなにか聞き出されたのでござるか」

「竹本は一刀流免許皆伝の腕前。捕らえて口を割らせる余裕は、おれにはなかった」

「そうでしょうな。人柄はともかく、竹本三郎次の剣術達者は、旗本仲間では知らぬ者がおらぬほどのものでしたからな」

柴田が誰に聞かせることなくつぶやいた。

大林多聞が首を傾げた。

「御頭はじめ、私をふくめてここにいる者たちは、三河以来の旗本とはいえ、先祖のひとりの不始末で禄高を減石され、百石たらずの微禄に甘んじる家柄。御上のお情けで御目見得という扱いをうけ、かろうじて旗本の面目を保っている有様。それにひきかえ竹本三郎次は二百十石を拝領する身。われらにくらべて、不満などありようがない身の上のはず」

多聞のいうとおりであった。旗本と御家人の区別は拝領する石高によってつけられていた。二百石以上一万石未満を旗本といい、それ以下の者たちを御家人と呼び分けた。ちなみに一万石以上は大名として扱われた。が、この石高によるすみ分けも、確立されたものではなかった。

三河以来の家柄が連綿とつづくうちに不心得者が出、御家断絶、家禄没収には値せぬが、何らかの失態を犯した一族に対しては禄高を減石し、御目見得の格式だけを残す、という処置がとられた。三河以来の直参旗本にたいしてのみくだされた、公儀の、いわゆる温情的処置によって、二百石以下の旗本という一団が、存在することになったのである。

裏火盗の結成に、蔵人たちが参画するきっかけとなった若年寄一味による、微禄の旗本たちを罠に陥れ、家禄を召し上げるという謀略も、かつて過ちのあった一族の弱みに付け入ってのことでもあった。

重苦しい沈黙がその場に垂れ込めていた。そのときの口惜しさをおもいおこしているに相違なかった。蔵人もまた、斬り死にした丹羽弥助や、安積新九郎の剣の師・葛城道斎と野仕合の果てに惨死した、松岡太三のことにおもいを馳せていた。

ややあって、蔵人が告げた。

「竹本三郎次の身辺をあらう。辻斬り一味の蔭が、かならずや竹本の周辺に見え隠れするはず。木村と晋作、柴田と新九郎は二人一組となり、朝餉を食したのち聞込みにまわってくれ。多聞さんは、いつものとおり留守を守って、連絡役に徹してほしい」

木村たちが大きく首肯した。多聞が顔を上げた。気づまりなおもいが、面にあった。蔵人がことばを重ねた。

「それぞれの復申を受け、おれに正確にそれをつたえる。簡単なようで、なかなかできることではない。多聞さん、動きたかろうがこらえてくれ」

「承知仕りました」

律儀な性格を露わに、膝に手を置き、多聞は恐縮しきったさまで、深々と頭を垂れた。とかく留守を守ることの多い多聞は、死と隣り合わせの務めに就く木村たちにたいして、おのれだけ危険の埒外にある、との後ろめたさにとらわれていた。その多聞のこころをおもんぱかっての、蔵人のことばであった。

「立場は人を造る」

という。多聞は若き御頭・結城蔵人の、このところ急速に人間味を深めた成長ぶりに、少なからず驚いていた。また、

(この御頭のためなら、いつでも死ねる)

との覚悟が、おのれのなかで日増しに固まっていくのを、強く感じてもいた。そのおもいがとらせた、多聞の対応であった。

朝餉の支度がととのっているのか、根深汁のよい香りが台所からただよってくる。雪絵の心づくしの朝餉を食したあとは、修羅場へ飛び出す木村たちであった。

いまは、ひとときの休息のときでもあった。

雪絵は、浅草阿部川町の町家の建ちならぶ一画を抜け、新堀に架かる抹香橋を渡った。抹香橋を右へ折れると、抹香橋御書院番組屋敷であった。このあたりは大御番組などの組屋敷が点在する、武家屋敷のつらなる一帯だった。雪絵は、いま、御書院番番士・大石半太夫の屋敷へ向かっていた。大石家は三百七十石を拝領する直参旗本である。結城蔵人の姉・雅世は当主・半太夫の妻であった。

「当主・蔵人、病にて急死したにつき養子を迎え、結城家の跡目相続とする」

との公儀の処置を受けて、雅世の次男・武次郎が結城家の家督を継いだことは、雪絵も聞き知っていた。

雪絵は、朝餉を終えて、多聞が診療所へ、木村らが聞込みに散ったあと、蔵人から呼び止められ、ひそかに命じられた事柄をおもいおこしていた。

蔵人は、声をひそめて雪絵にいった。

「多聞さんたちに、余計な心配をかけたくなかったのでいわなかったのだが、実は竹本三郎次は、おれが生きているのではないかとの風聞が流布されている、といったのだ。おれを目撃した旗本たちも、何人かいるともいっていた」

「それは、決して漏れてはならぬ、秘密事ではありませぬか」

蔵人は微かに笑みを浮かせ、

「洩れぬ秘密など、この世に存在せぬ。おれは、いずれこの日がくると、予期していた」

と、面を引き締めた。

「心配なのは姉上のことだ。竹本三郎次が何者かに斬られた、と知った仲間たちが、斬った相手はおれだと、見抜かぬとの保証はどこにもない」

「姉上さまに危害がくわえられるかもしれぬと」

雪絵が眉を顰めた。

「雪絵、姉上をひそかに訪ね、おれのことを、根ほり葉ほり問いただしてきた者はいないか、聞き出してきてほしい。姉上は、おれが命を永らえて蔭の任務についていることを、武次郎が結城家の跡目を継いだおり、長谷川様より聞かされてすでに知っている」

「わかりました。すぐにも支度して」

「たのむ」

雪絵は、蔵人からその任務を告げられたときに湧き出た名状しがたい、不可思

議なこころの動きを、決して忘れてはいない。それは、

（蔵人さまの、たったひとりのお身内と、顔を合わせることができる）

との喜びと、

（気に入ってもらえるだろうか）

との不安の入り混じった、雪絵が、生まれてはじめて抱いたおもいだった。

「気に入ってもらえるだろうかなんて、あたしは、いったいなにを考えているんだろう」

歩きながら雪絵は、おもわず独り言ちていた。

雪絵は、かつては七化けお葉と二つ名を持つ女盗っ人だった。そのことは蔵人と平蔵、船宿［水月］の主・仁七の三人しか知らない。仁七もまた、むかしは雁金の仁七として暗躍した盗っ人であった。

女盗だったころ、雪絵は盗っ人の頭の命で蔵人のもとへ潜り込んだ。盗っ人の密偵をつとめるうちに雪絵は次第に蔵人に魅かれていった。成り行きから、蔵人と男と女の躰のかかわりを持った雪絵は、そばにいるだけでもよい、との切ない恋心から蔵人のもとに身を寄せた。

いまは裏火盗副長・大林多聞が表の顔とする町医者の助手をつとめながら、裏

火盗の探索にもかかわっていた。

　雪絵は、月日を重ねるうちに、蔵人のこころを知ることになる。蔵人と雪絵はたがいにおもいあう仲であったのだ。

　が、蔵人は、裏火盗頭領の任にある間はおのれの躰といえども、おのれひとりのものではない、との信念を抱いていた。そのため裏火盗の面々の前では、一度も雪絵に優しいことばをかけたことはなかった。表向きは隠居として妻子を残して家を出、務めに就いた多聞らをおもんぱかってのことであった。そんな蔵人のおもいを知る雪絵も、人前では決して恋心を露わにすることはなかった。が、

（そのうち蔵人さまとふたりで、どこぞでひそかに暮らしたい）

　との望みはつねに抱いていた。蔵人の姉の雅世に、

（気に入ってもらえるだろうか）

　と雪絵がおもったとしても、決して不自然なこころの流れではなかったのである。が、

（盗っ人あがりのあたしが、なんて大それたことを。蔵人さまは武士（おさむらい）。身分違いもはなはだしい。そばに居られるだけでも幸せなのに）

　そうおのれのこころに言い聞かせる、雪絵であった。

さまざまなおもいを胸に、雪絵は日溜まりの道を歩いていく。立ち止まって、袂（たもと）から、蔵人が描いてくれた、大石半太夫の屋敷への道順をしめす絵図を取りだし、見つめた。絵図をたどり、顔を上げて、ぐるりを見渡す。もう少しいけば、大石半太夫の屋敷であった。

雪絵がだれの使いで訪ねてきたのか、雅世はすぐにさとったようだった。庭に面した座敷に雪絵を招じ入れ、向かい合うなりいった。

「なにか、あったのですね」

じっと見つめる雅世に、雪絵は蔵人の面差（おもざ）しを見ていた。涼やかで、優しげな光が、その目にあった。

すぐに応じぬ雪絵に雅世は眉を曇らせた。

「まさか」

いいかけた雅世に、あわてて雪絵が告げた。

「お元気でございます。ただ、昨夜、旗本のお仲間で、竹本三郎次というお方とやんごとなき仕儀から果たし合いとなり」

「斬ったのですね」

雪絵はゆっくりとうなずいた。

雅世はしばし黙りこんだ。ややあって、いった。

「竹本さまとは、むかしからなにかと諍い事がたえなくて、いずれこのようなことになるのでは、と案じておりました」

「そのおり、気になることを口にされたそうで」

「気になることとは？」

「病死したはずのお方が生きている、との風聞があると。また、目撃した方もあると、いわれたそうでございます」

雅世は黙している。雪絵はことばを継いだ。

「姉上の身辺に、なにか異変があるやもしれぬ。こまかく様子を聞いてきてほしい、とわたしを寄越されたのでございます」

雪絵は蔵人の名を一言も口にしなかった。蔵人からそう命じられていた。雅世もまた、蔵人の名を口にしようとはしなかった。雪絵は雅世に、蔵人から聞かされた竹本三郎次との経緯を語ってきかせた。

雅世は、一言の口をはさむこともなく話に聞き入った。聞き終えたあと、なにかをおもいだしたらしく、いった。

「そういえば、一月ほど前、綾さんが突然訪ねてきて、生きているとの噂を聞いた。真偽のほどを知りたい、としつこく訊いてきましたが」

「綾さんといいますと」

「結城の屋敷近くに住む、旗本二百五十石・立花伊左衛門さまの娘御で、わたしとは、年の離れた妹のようなつきあいをしていました。あの人も、妹のように扱っていましたが」

雪絵は黙っている。綾は蔵人を好いていたのだ、と雪絵の直感が告げていた。雪絵の変容に気づいたのか、雅世がことばを足した。

「綾さんは、半年ほど前に旗本三百石原田伝蔵さまに嫁がれました。いまだ新妻の初々しさが抜けぬ暮らしぶりが、様子からもうかがえます」

雪絵はあいまいに微笑んだ。

「ちょっと待っていてください」

雪絵にそういい、雅世は座を立った。しばらくしてもどってきた雅世は、坐るなり、雪絵の前に手にした袱紗包みを置いた。開くと、銀の簪がそこにあった。袱紗に包んで、大事に扱うほどの価値のある代物とはおもえなかった。雅世はじっと雪絵を見つめて、いった。

「亡き母の形見です。これを雪絵さん、あなたにお預けします。秘密ごとを託したあなたを、あの人はかたく信じている。わたしには、そうおもえます。あの人のこと、よろしくお願いいたします」

雅世はそういって、深々と頭を下げた。

蔵人は簪を手にとり、じっと見つめていた。雪絵に顔を向けて、いった。

「たしかに母上がさしていたもの」

雪絵は無言でいる。かけることばが浮かばなかった。

庭に面した座敷で、蔵人と雪絵は向かい合ってすわっている。戸障子を夕陽が紅々（あかあか）と染めあげていた。木々の葉を揺らして一陣の風が通りすぎていく。

蔵人は、雪絵の前に袱紗ごと簪を置いた。

「母の形見の品、姉上のいうとおり、預かっていてくれ。おれからも、たのむ」

雪絵は簪をじっと見つめた。蔵人を彷彿（ほうふつ）とさせる雅世の眼差しが、簪に重なった。蔵人の母も、雅世に似て優しげな眸（ひとみ）の持ち主だったに違いない、とおもった。

顔を上げ、いった。

「命かけて、お預かりいたします」

蔵人は微笑み、ゆっくりとうなずいた。

三

石川島人足寄場の務めを終え、本湊町の揚場へ着いた長谷川平蔵を、老中首座・松平定信の使者が待ち受けていた。

定信からの書状を受け取った平蔵は、封を開いた。書状には、

「昨夜、勘定吟味役・小出辰之助が、何者かによって斬殺された。辻斬りの所業とみゆるが気になる点多々あり。至急上屋敷へ来られたし　定信」

と記されてあった。

平蔵が読み終えたのを見とどけ、使者が告げた。

「出で立ちのこと一切かまわぬゆえ、すぐきてほしいとの、殿のおことばでございました」

平蔵は無言で首肯した。

平蔵が白河藩の上屋敷の奥の間に入ると、そこには月番の江戸南町奉行・池田

筑後守と、非番であるにもかかわらず北町奉行・初鹿野河内守のふたりが、床の間を背にした定信と、向かい合うかたちで坐していた。初鹿野河内守の隣りに坐った平蔵に、癇癖の証の青筋を額に浮き立たせた定信が、声をかけてきた。

「遅いではないか。初鹿野も池田もすでに半刻（一時間）前から、おぬしの到着を待ち受けておる」

「遅参のこと、ご容赦のほど願いあげます。石川島人足寄場に詰めておりましたゆえ、お使者の方との連絡がうまくすすまず、申し訳なき仕儀に立ち至りました」

平蔵は深々と頭を垂れた。松平定信は、このところ不興をきわめていた。御目付衆ふたり、勘定吟味役ひとり、奥祐筆ひとりの四人が、相次いで殺されている。それにつづいての勘定吟味役・小出辰之助の惨死である。辻斬りにみせかけてはいるが、暗殺とみるが妥当なところであった。

「これで五人だ」

そこでことばを切って、定信は平蔵らを見据えた。

「皆、わしのすすめる幕政改革を支えるべく、抜擢した者たちばかりだ。斬殺した者どもの狙いは明らかだ。わしの手足をもぎ取り、改革を失敗に追い込む。それしか考えられぬ」

平蔵たちは黙したままであった。その沈黙が、さらに定信を苛立たせた。

「手がかりはないのか」

初鹿野から池田へと流した目線を、定信は平蔵の正面で止めた。

「長谷川。なにかいうことはないか」

「残念ながら、いまだ何の手立ても浮かびませぬ」

「探索をおろそかにしているのではないのか」

「は？」

訝しげな顔を向けた平蔵を、定信が見やった。冷え切った、刺々しさを剝き出した眼差しだった。

「池田は、身辺を得体のしれぬ何者かに見張られているという。初鹿野は、配下の者が怪しげな人物が、北町奉行所のまわりを徘徊している、との報告を受けたといっている。おぬしの身辺はどうなのだ」

「怪しげな者の気配など、どこにもありませぬ」

「ほう。狙われている気配はないと申すか。なぜだ」

「なぜ、と仰られても……」

「わしにはわかるぞ。なぜおぬしの身辺だけ異変がないか、その理由がな」

ねちねちとからみつくような、物言いだった。平蔵は黙っている。応えようがなかった。身辺をうかがう怪しげな人物の影など、どこにもなかったからだ。

「小出らを斬殺した輩（やから）は、田沼（たぬま）時代の軽佻浮薄（けいちょうふはく）の世を懐かしむ者たちに、きまっておる。わしの質実剛健を尊（たっと）しとする政策が、不満でならぬのだ。わしの政策を忠実に実行しようとした小出たちを、うとましくおもって暗殺した。そうとしかおもえぬ」

平蔵には、定信がいわんとしていることが、よくわかっていた。こころの底につねに澱（おり）のようによどんでいる、平蔵にたいする評価のもとになっている、

「田沼に重用された人物。二君にまみえたとしかおもえぬ所業を、恥とせぬ輩」

とのおもいが生みだした、疑心暗鬼がなせる業であった。

「長谷川。捕物上手と評判のおぬしが、此度（こたび）の探索だけは、どういうわけか手こずっているようだな。手を抜いているのではないのか」

「そのようなこと、あるはずがございませぬ」

「わしは、暗殺者どもは決しておぬしを襲うことはあるまい、と確信しておる。なぜなら奴らは、おぬしを仲間になりうる人物、と考えているからだ。田沼意次（おきつぐ）の為した、腐敗しきった、すべてに銭金がからむ政を懐かしむ者、とみているに

違いないのだ」

初鹿野河内守と池田筑後守は、目を閉じていた。ふたりの確執に巻きこまれまいとしていることは、明らかだった。

平蔵はことばを発しない。定信も、いうべきことばはすべて言いつくしたのか、黙り込んだ。

剣呑な気が、その場に満ちていた。

沈黙をやぶって、平蔵が口を開いた。

「こころを引き締め、一日も早く暗殺者を捕らえまする」

平蔵は畳に両手をつき、深々と頭を下げた。

隅田川から神田川へ入ると、柳橋にさしかかる。橋をくぐって神田川を遡ると、右手に平右衛門町の町家がつらなっていた。浅草御門を左にみて、すこし上流へゆくと石段があり、一艘の屋根船が舫ってあった。

「船宿　水月」と、背中に染め抜かれた半纏を羽織った船頭が、舫杭に繋いだ荒縄を解いていた。解けると、屋根船は川の流れにまかせて、ぐらりと揺れた。船頭が馴れた手つきで棹を操り、夜陰に溶け込む川面に、屋根船を滑らせた。

「大川へ出て、江戸湾へ向かいますか」

客に声をかけた船頭は、よくみると仁七であった。

「そうさな。今夜は、浮世の憂さを忘れに江戸湾へ出て、漁り火を楽しみながら、ちびり呑るとするか」

艫との仕切りの障子戸を開け、顔をのぞかせたのは平蔵だった。平蔵の向こう、膳を前に蔵人が坐っていた。


仁七が櫓を漕ぐ、きしみ音が聞こえてくる。蔵人は盃を持つ手を止めて、平蔵の返答を待っていた。盃を飲み干した平蔵は、軽く息を吐いた。

「旗本・竹本三郎次が、辻斬りをよそおって旗本を斬ったか」

「このところ相次ぐ公儀の役人斬殺は竹本らの仕業かと」

平蔵は徳利を手にとり、盃に酒を注いだ。

「旗本の探索は若年寄の支配。わしや火盗改メの者たちが、表立って探索するわけにはいかぬ」

「木村たちに、竹本三郎次の身辺を探らせております。ここ数日のうちに常日頃、行を共にしていた者たちが、判明するはず」

「たとえ竹本と関わりがあったとしても、それだけで辻斬りの仲間と断ずるわけにはいかぬぞ。相手は直参旗本だ。確たる証拠を摑み、追い込んでいかねばなるまい」

「できうれば、事を表沙汰にすることなく処置できれば、と考えております」

うむとうなずき、平蔵は黙り込んだ。

「斬殺されたのは、いずれも御老中の信の厚い者たちだ。昨夜、御老中が仰ったとおり、失脚を狙っての画策とみれないこともない」

「だとすれば、御老中の信任の大きい者たちに張りつき、辻斬りが現れるのを待ち伏せるのも、一策かもしれませぬな」

平蔵は盃を一息に干した。

「旗本たちの間には、不満が満ち満ちている。小普請組の小身の旗本たちは、御役へつく望みもないまま、ただ家督を次の代に繋ぐためにのみ、生を永らえているのだ。豊かでもない暮らし向き。出世の望みも断たれた日々。不平不満を唱えて当たり前の有様だと、わしはおもう」

蔵人は黙って盃を口に運んだ。酒がやけに苦く感じられた。

「同じ旗本として、御家断絶の憂き目だけは避けさせてやりたい。もっとも御老中の耳に入れば、即座に厳しい処置をとられるであろうがな」

ことばを継いだ平蔵に、蔵人が応じた。

「剣の要(い)らぬ泰平の世。しょせん旗本など、御上にとっては無用の長物。まして や小身の者たちなど、厄介者(やっかいもの)のお荷物といった存在でありましょう」

蔵人はそこでことばをきった。

「帰るべき城を、強引に奪われた者たち。それがいまの旗本たちの、実体でござ います。帰るべき城を奪った者は、かつて城を与えてくれた、御上に他なりませ ぬ」

「帰るべき城を奪われ、失った者たち……その通りかもしれぬ」

平蔵が再び盃を干して、いった。

「大店(おおだな)に押し込んで奪った銭を、世直しを気取って、貧民にばらまく盗っ人の跋(ばっ) 扈(こ)。抵抗した者以外は、縛り上げるだけで傷は負わせぬ義賊と、世間の評判はう なぎのぼりだ。押込みに辻斬り。いずれにしても厄介なことだ」

蔵人も、盃を傾けた。平蔵は遠く江戸湾の彼方へ目を向けている。蔵人も視線 を空に浮かせた。

漁り火が、江戸湾のあちこちに燃え立っていた。空には星が煌(きら)めいている。穏やかな波音が、蔵人の耳に、一刻の平安をささやきかけていた。

登城した平蔵は、松平定信に用部屋へ呼び出された。定信が、お使いの茶坊主に、

「急な用向きゆえ、何はさておいても来られたし」

と言い添えたと聞かされた平蔵は、首を傾げた。

ここ数日、大店への押込みも、公儀役人を狙っての辻斬り騒ぎも、起こってはいなかった。留守役にまわった石島修助に代わって、探索方差配を命じた与力・進藤与一郎の必死の捜索にもかかわらず、いまだ手がかりのひとつもつかめていなかった。平蔵は蔵人から告げられた、

「旗本・竹本三郎次が、辻斬りの一味にかかわりあり」

との情報を進藤には知らせていなかった。旗本の探索は、火盗改メの支配違いのことである。つたえても、進藤らには手のつけられぬ相手だった。

（旗本の不穏分子たちの探索は、すべて裏火盗の者たちに任せるしかあるまい）

平蔵はそう決めていた。

用部屋に着いた平蔵を、定信と松平左金吾が待ち受けていた。

松平左金吾は知行高二千石、寄合席に列する旗本だった。寄合席とは、無役だが三千石以上、あるいは顕職を歴任した上級旗本を遇する格式である。当然のことながら、幕閣においては尊重される立場にあった。本家は桑名藩・久松松平家であり、左金吾自身、松平定信の縁戚にあたる者でもあった。

松平左金吾は天明八年（一七八八）、松平定信が老中首座に就任したとき、火付盗賊改方の当分加役を下命されたことがあった。そのおりは、あまりの傲慢さと強引なやり口ゆえ疎まれ、任期の半年が満ちると同時に御役からはずされていた。

加役就任直後、松平左金吾は配下の三十人を前に挨拶した。

「拙者、このたび御加役を仰せつけられました。先輩方のこれまでの勤めぶり、甚だよろしからず。各々様の御料簡違いが、多々見受けられまする。向後は拙者、厳しくあらためまするゆえ、そう心得られたい」

左金吾は、火盗改メの務めは火付け・盗賊の罪を犯した悪人を捕らえることではない。悪人がお膝元の江戸にいることこそ悪しき大事。悪人が存在しないよう予防するのが、加役のご奉公だと考え、捕らえることのみを仕事とするのは、料簡違いも甚だしい、と説教したのだった。

左金吾は頻繁に無宿人狩りを行い、たいした取り調べもせず、佐渡へ送った。

そのあまりに過酷な裁きぶりに、次第に眉を顰める者が輩出し、実態は職を追われるかたちで退任したのだった。

左金吾が加役を勤めた折りの、火付盗賊改方の本役は長谷川平蔵であった。左金吾の、無宿人にたいするあまりにも苛烈な、情け知らずの処断に人として憤りを感じたことが、平蔵に石川島人足寄場創建を決意させた要因となった。

「お召しにより参上いたしました」

平伏した平蔵に定信が告げた。

「長谷川、此度のこと手に余るであろう。助け船を出してつかわす。松平左金吾を、当分加役火付盗賊改方に任ずることにした。手続きがあるゆえ正式の下命にはしばらく時がかかるが、務めには直ちについてもらう。異存はないな」

平蔵は、顔を上げることなく応えた。

「気配りのほど、痛み入ります」

「向後は力を合わせ、務めに励むがよい」

定信のことばを、松平左金吾が引き継いだ。

「長谷川殿、拙者は拙者なりのやり方を貫くゆえ、手柄を競い合おうぞ」

「不肖長谷川平蔵、渾身の力をこめて、挑戦させていただきまする」

最後まで平蔵は頭を下げたままでいた。相次いで腹心の部下を失った定信の焦りが生みだしたこととはいえ、拙速の極みともいうべき処置であった。何かというと、定信の縁戚であることをひけらかして、虎の威を借りつづけた松平左金吾に心服する者など、ひとりもいるはずがなかった。そのことを知る平蔵は、こみ上げる嘲笑を押さえかね、顔を下げつづけていたのだった。

四

翌日、松平左金吾は配下となるよう内示を受けた御先手組の三十人を、はやばやと招集した。

「大店への押込みが相次ぎ、辻斬りが横行している。無為に時を過ごすわけにはいかぬ。御老中より、直ちに探索に仕掛かるよう命じられている。明日より見廻りを始める」

と檄を飛ばした。

松平左金吾は、暁七つ（午前四時）から明六つ（午前六時）まで江戸市中を見廻った。配下十名を引き連れての見廻りは、たちまち江戸中の評判となった。かつて当分加役火付盗賊改方の任についたときも、左金吾は、同じように見廻りをつづけていた。左金吾の内実は、長谷川平蔵とくらべて豊かなものであった。八千坪ある屋敷の庭は、手入れが行きとどいており、数万石の大名にも匹敵するほどの、豪壮な邸宅がそびえ立っていた。服装はもちろん、差料（さしりょう）も興趣（きょうしゅ）にとんでいた。手向（たむけ）茶碗に仏前に供えるとされる樒（しきみ）の花を縁頭（ふちがしら）に、目抜（めぬき）には位牌、鍔（つば）にしゃれこうべ、栗形（くりがた）に石塔、小柄（こづか）の柄（え）には名号（みょうごう）などの華美な細工がほどこされていた。

左金吾は、

「悪人どもを必ず退治するとの、不退転の決意をあらわしたものだ。皆もわしにならって、地獄の閻魔（えんま）になった覚悟で事にあたってもらいたい」

としばしば配下の前で、差料をかかげてみせた。

左金吾の動きは、何もかもかつて当分加役を務めたときと同じであった。

当初は江戸の町人たちも、

「お役熱心な。このようなお方が町奉行になられたら、日々安穏（あんのん）に過ごせるというもの」

と、好意の目で迎えた。が、派手な動きの割に上がらぬ取締まりの効果に、

「見かけ倒しの張り子の虎だ」

と、次第に冷めた目で見るようになっていった。

その松平左金吾が、以前と変わらぬやり方で、再び役務に復帰したのだ。町人たちは隊列を組んで見廻る姿に、

「松平左金吾ここにあり、といわんばかりの仰々しい有様だ。悪人たちが避けて通らあ。懲りないお人だ」

と呆れかえった。

町人たちの読みは的中することになる。

松平左金吾が見廻りを始めて四日目、蔵前の札差「大口屋」裏口の潜り戸の前に十数人の黒覆面の姿があった。腰に大小二刀をたばさんでいるところから、浪人者の一群とみうけられた。

塀際で、ふたりが向かい合って肩を組み、膝をついた。別のひとりがその肩に足をかけて乗る。下のふたりが立ち上がった。肩に乗った浪人が、縁に手をかけ、躰をずり上げて塀を乗り越えた。

まもなく内側から潜り戸が開き、忍び入った浪人が顔を出した。残りの者たち

がなかへ入る。全員の姿が邸内へ消えるや、再び潜り戸がかたく閉ざされた。

　庭を横切り、浪人たちは建物のそばへ歩み寄った。ぐっすりと寝入っているのか、物音ひとつしない。桟に水を垂らし、馴れた手つきで一味のふたりが音もなく雨戸をはずした。つくりだされた空間から、黒覆面たちは次々と屋内へ侵入した。かねて打ち合わせてあったのか、数組に分かれ、散った。


　三人の黒覆面は、住み込みの奉公人の部屋にいた。ひとりが寝入っている奉公人の枕を蹴り飛ばした。びっくりして寝ぼけ眼をこすった三十代の男の眼前に、抜きはなった刀を突きつけて、いった。

「他の者を起こし帯で縛れ」

　刀身の鈍い光に眠気を吹き飛ばされた奉公人は、口をあんぐりと開き、何度も何度も首を縦に打ち振った。


　奉公人や下女たちは、主人夫婦の部屋に集められていた。縛られていない主人が、残るひとりの足を細紐できつく縛った。猿轡をかけられ、後ろ手、両足首と縛りあげられた十数人の家人・奉公人が一隅に坐らされている。刀を抜き連れた主人はことばにならないひきつった喘ぎ声をあげた。

「鍵を用意しろ。金蔵を開けてもらう」

五十過ぎの主人の喉もとに、切っ先を寄せて、頭格がいった。

黒覆面が包囲していた。


金蔵の奥に、千両箱三個が置かれていた。千両箱の前でへたり込んだ主人に、頭格が告げた。

「店をまわすに、最低いくらほどあれば足りる」

「へ？」

予期せぬことばに、主人が顔を上げた。

「大口屋を潰す気はない。必要な金は残してやろうというのだ。正直にいえ」

「……七百両ほど」

「七百両だな。わかった」

いうなり頭格は大刀を振り上げ、峰に返して、したたかに主人の肩を打ち据えた。

気を失った主人が意識をとりもどしたのは、翌日の昼四つ（午前十時）近くのことだった。痛むが、急所がはずれていたのか、腕を動かすことはできた。半身を起こすと千両箱がひとつだけ見えた。蓋を開けると、なかにきっちり七百両が残されていた。

一味は、大口屋に押し込んだあと、浅草あたりの裏長屋に住む、その日ぐらしの貧乏人たちに、

「世直し」

と書いた紙にくるんだ一分金を、投げ込んでまわった。

聞込みにまわった町方の者に、裏長屋の住人の何人かは、正直に一分金を差し出して、

「目が覚めて、小便に行こうと、寝床から起き出したときに足音がしたとおもったら、紙包みが投げ込まれましたんで」

と話した。

その夜、日本橋界隈を見まわった松平左金吾は、屋敷へもどり仮眠をとった。

「大口屋が押し込まれた」

との、配下からの知らせで叩き起こされた左金吾は、控える用人に、

「日本橋一帯には押込みはなかった。わしが見廻っていたためだ」

と胸を張った。

急ぎ支度をととのえ、出役（しゅつやく）した左金吾が、大口屋に着いたのは昼八つ（午後二時）すぎであった。張り番の者がふたり、下ろした大戸の、潜り口の両側に立っていた。

「当分加役を仰せつかることになった、松平左金吾である」

大声で告げ、肩をそびやかして、頭を下げた立ち番の前を通りすぎた。配下の同心ふたりが後につづく。

大口屋の金蔵の前では、出役した長谷川平蔵が、主人から聞き取りをおこなっていた。やってきた松平左金吾が、みとがめて歩み寄った。

「長谷川殿、手がかりはつかめましたかな」

平蔵が振り返った。

「いつもながらの奇妙な盗みぶりで」

「奇妙」

眉を顰めた。

「盗っ人の頭が、主人に問いかけるひとつことばがありましてな」

「ひとつことばとは？」

「店を潰す気はない。必要な金だけは残してやる。正直にいえ。そういうそうで」

「盗っ人が金を残すだと。そんな馬鹿な」

「そんな馬鹿な話が、現実のことなので、いささか戸惑っているのでござるよ」

平蔵が主人を振り返った。

「私めが、七百両が必要と訴えましたところ、きっちり七百両、千両箱に残されておりました」

主人が軽く腰を屈めていった。平蔵がことばをついだ。

「いままで押し込まれたどの店でも、同じでしてな。商いをつづけるに必要な資金だけは、残してある。ひとりふたりの怪我人は出すが、殺しはしない。「世直し」と記した紙に銭をつつんで、裏長屋に住む貧乏人たちに気前よく配る」

「義賊を気取りおって。許せぬ」

松平左金吾が吐きすてた。

「仰せの通り。世直しの義賊と、町民の間では大変な人気ぶりでしてな」

揶揄したような平蔵の口ぶりだった。

「長谷川殿、納得できませぬな」

平蔵が訝しげに左金吾をみやった。

目を尖らせ、咎める口調で左金吾がいった。

「世直しを気取った盗っ人の人気ぶりを、讃えているような口ぶりではござらぬか。われらは、盗っ人を取り締まる役回りの者でござる」

「それはそれは」

「以後、気をつけられることだ。盗っ人たちの跳梁跋扈を許しておる、いまの有様を恥じ入られよ。火盗改メの意地を忘れられたか」

左金吾は、冷ややかな目で平蔵を見据えた。

「ご忠告、痛み入る」

神妙な顔つきで、平蔵が応じた。

左金吾は顎を上げた傲岸な様子で、ぐるりを見渡した。

相田倫太郎ら火盗改メの同心、手先たちが忙しく立ち働いている。

左金吾が平蔵に視線をもどした。

「長谷川殿配下の方々が、すでに探索にはげんでおられるのに、遅れて駆けつけたわれらが、探索にくわわるわけにはいかぬ。存分に腕を振るわれよ」

配下を振り返っていった。

「引きあげる」

左金吾は踵を返した。配下たちがつづいた。

見送った平蔵は、再び大口屋の主人と向き合った。

「黒覆面たちの動き、ことばの癖など、わずかなことでもいい。気づいたことをすべて話してくれぬか」

主人は首を傾げた。記憶の糸をたどっているかにみえた。平蔵は主人の表情の変化のひとつも見逃がすまいと、凝然と見つめている。

船宿水月の、店先の軒行燈に火を灯したお苑に、声がかかった。

「この船宿のご主人、仁七さんという名じゃないかね」

振り返ると白髪頭の小柄な老人が立っていた。身なりから、隠居した富裕な商人とおもわれた。

「どちらさまで」

お苑は逆に問いかけた。仁七の名を出してはならないとおもわせるなにかが、老人にはあった。

「会えばわかる。上がらせてもらうよ」

いうなり、老人はさっさと店内に入っていった。


台所へもどってきたお苑は、肴（さかな）の仕込みをしている仁七に告げた。

「おまえさんを訪ねてきた人がいるんだよ」

「どこの、だれでえ」

包丁の手を止めることなく、仁七がいった。

「それが、会えばわかるの一点張りで、名をいわないのさ」

「名を、いわねえ」

動きを止めて、首を傾げた。

「物持ちの隠居といった様子なんだけどね。堅気（かたぎ）にはみえるんだけど……」

仁七は黙った。

「どうしよう、おまえさん」

仕込みを半端にしたまま、仁七は包丁を置いた。

「顔を出そう。先方は会えばわかるといってるんだ」

座敷の前の廊下に膝をつき、仁七はことばをかけた。

「当家の主人でございます。ご挨拶にうかがいました」

仁七もまた、あえて名のらなかった。

座敷から声があがった。

「その声は、やっぱり仁七さんだ。顔を見せておくれ」

仁七にはおぼえのない声だった。仁七はゆっくりと戸襖を開けた。

床の間を背に、白髪頭の老人が、満面に笑みを浮かべて坐っていた。

「無言（しじま）のお頭……」

仁七の顔に、懐かしさと警戒心が入り混じった、複雑なおもいが浮かんだ。老人の名は無言の吉蔵（きちぞう）。十年ほど前に隠退したが、盗みはすれど非道はせずを貫いた、盗っ人の大親分であった。

「雁金の。どうだい。おれに手を貸してくれねえか」

盃を手に吉蔵はいった。

「ごらんのとおり。いまはすっ堅気の船宿の主人で」

仁七は軽く頭を下げた。盗っ人だったころ吉蔵の盗みを、誘われて一度だけ手伝ったことがあった。万事に手抜かりない、綺麗な仕事ぶりに感服したのを、いまでもよくおぼえている。

盗っ人の足を洗って、鐘ヶ淵に住みついた吉蔵は、のんびりと野菜などをつくって暮らしていた。隠棲して老後を暮らすだけの蓄えは、十分にあった。世間とのかかわりはできるだけ持つまい、と決意して過ごしていたが、このところの世直し一味の暗躍に、腹立たしいものを感じはじめた。

「押し込んで奪った銭をばらまくなど、盗っ人の風上にも置けぬ奴ら。どうにも勘弁ならねえ。盗っ人には、盗っ人の貫く筋ってものがあるんだ。そうだろう、雁金の」

穏やかな口調だったが、正統派の盗っ人としての矜持が、込められていた。

仁七は黙っている。

「本筋の盗っ人とは、どうにもおもえねえ。素人の仕事が、義賊だの世直しだのともてはやされているのが、また、気にいらねえ。そこでだ」

吉蔵が身を乗りだした。

「いんちき者を、これ以上のさばらせておくわけにはいかねえ。正道を歩いてきた盗っ人の意地にかけて、世直しの手口を暴き、奴らの盗みの邪魔をして、御上に売り渡してやろうというのさ」

「それで、あっしに手助けをしろと」

「そうよ。この仕事は、現職の盗っ人にはできねえ。盗み渡世の足を洗って、綺麗な躰ですごしてる者にしかできねえことだと、おれはおもう。で、白羽の矢をたてたのが雁金の、おまえさんだったのさ」

仁七が足を洗って、情婦と一緒に船宿をやっている、と風の噂に聞いていた、と吉蔵はつけくわえた。

「どうだね」

吉蔵が仁七を見据えた。大親分の名残の、有無を言わせぬ威圧が、底光りする目にあった。

仁七が見返した。うむ、とうなずく。おのれを納得させるための所作といえた。

「手伝わせていただきやす」

吉蔵の面に、微かな笑みが浮かんだ。

五

仁七と無言の吉蔵が、密談をかわしていたころ……。

貞岸寺裏の蔵人の住まいの奥座敷では、結城蔵人を中心に大林多聞、柴田源之進、木村又次郎、安積新九郎、真野晋作らが車座に坐っていた。

「竹本三郎次は、池上小弥太ら無役の旗本たち二十名ほどと徒党を組み、因縁をつけての乱暴狼藉、強請たかりと、無法のかぎりをつくしていたようで」

木村又次郎の復申に、蔵人が応じた。

「町人たちの訴えを、町奉行所は受けつけなかったのか」

「相手が旗本だということで、訴えはきくが支配違いを理由に、取締まりはなされなかったそうです」

「おそらく何の手立ても、講じなかったであろうな。町奉行も、旗本たちからねじ込まれたら厄介なことになる。誰しも、面倒事は御免だろう」

横から柴田源之進がいった。

「同じ無役の小普請組の三十人ほどが、すこしでも世間の役に立ちたい、と火事で焼け出された町人たちの、仮住まいの普請（ふしん）を手伝ったり、子供たちを集めて読み書きを教えたりしております。旗本もさまざまですな」

「それは奇特な。中心になっているのはどなたかな」

　多聞が問いかけた。

「三百石を拝領する原田伝蔵殿が、仲間に声をかけて有志を募ったということです」

「原田伝蔵……」

　つぶやいて、蔵人は首を傾げた。どこかで聞いた名だとおもったからだ。

「無住心剣（むじゅうしんけん）流皆伝、旗本のなかでは、五指に入る使い手、文武両道に優れた武士との評判のあるお人で。まだ三十になるかならぬかの年頃かと」

　柴田源之進がつづけた。

「そうか。無住心剣流の」

　応えたものの、蔵人は記憶を追いつづけていた。長引く会合に、雪絵がふたたび茶の支度でも始めたのか、台所から物音が聞こえてくる。その音が、蔵人に原田伝蔵の名を聞かされた相手をおもいおこさせた。

（雪絵が姉上から聞いてきた名だ。綾さんの嫁いだ相手が、たしか原田伝蔵）

柴田のことばが、蔵人の思考を断った。

「しかしながら、万事はうまく運ばぬが世の常。永年恋いこがれた女を娶ったもののの、夫婦仲はあまりしっくりいっていない、との噂を聞いております」

「夫婦仲が、よくないというのか」

蔵人の口調に、つねとは違ったおもいが籠もっているのを、多聞が敏感に感じとった。

「原田伝蔵殿の妻女を、ご存じでござるか」

「知っている。結城家の屋敷近くに住む旗本立花伊左衛門殿の娘御でな。姉上を慕ってよく遊びにきていた」

「原田殿は、温厚篤実を画に描いたようなお方だったそうです。が、婚儀後は日を経るごとに、次第に刺々しい言動が増えてきたそうで」

「ことばのはしばしから、夫婦仲の悪さが垣間見える。そういうことか」

柴田がうなずいた。

蔵人はしばし黙り込んだ。顔をあげて、いった。

「竹本三郎次が、辻斬りの一味であることは間違いない。となると、池上小弥太らも、一味ではないかとの疑惑を抱かざるをえなくなる」

「池上らの行状には、目に余るものがあります。そのことからみても、辻斬りはおろか世直しを気取る押込みも、奴らの仕業かもしれませぬ」

木村が身を乗りだした。

「池上小弥太の張込みをつづけるしかあるまい。昼は木村と晋作、夜は柴田と新九郎。おれは後詰めにまわる。無用な斬り合いは避ける。様子を見定めるだけでよい」

蔵人は多聞らに目をそそいだ。

翌早朝。蔵人は日々の練磨の、胴田貫の打ち振りにはげんでいた。最後の、下段からの逆袈裟の一振りを終えたとき、聞き慣れた、いつもの音を消した歩きぶりの気配がつたわってきた。足音の主は、まもなく貞岸寺の境内を抜け、裏庭との境の叢林にさしかかるはずであった。

振り返った蔵人の目が、木々の間から現われた仁七の姿をとらえた。

仁七は立ち止まり、軽く腰を屈めて微笑みかけた。

蔵人と仁七は濡れ縁に坐り、風に揺らぐ枝々を眺めている。

「風の強い日は、いつもより早く戸締まりをしやす。外出も控えるし、付け火でもしないかぎり、押込みには不向きな日で」

ぽつりと仁七がつぶやいた。仁七から無言の吉蔵の話を聞かされた蔵人は、黙り込み、腕を組んだ。

それが蔵人の沈思するときの癖だった。いつもの仁七なら、一言のことばも発することなく待ちつづける。が、この日は違った。

「こころが、高ぶっているようだな」

蔵人が、口をひらいた。目は、そよぐ木立の葉々に注がれたままであった。

「みょうな気分なんで。無言のお頭に見込まれて、仕事を手伝う。鮮やかな手並を楽しめるんじゃねえか、と気持が弾んだりして。いけねえことだとはわかってるんですが。因果な性分ってやつですね」

仁七が唇を歪めて笑った。盗っ人時代の獰猛さを彷彿とさせる、凄みのきいた顔つきだった。

「無言の吉蔵とのこと。存分に腕をふるうがよい」

「必ずそう仰ってくださると、おもっておりやした」

蔵人は仁七に顔を向けた。

「無言の吉蔵は世直し一味の動きを見極め、御上に密告し、捕らえてもらおうとおもっている。われら裏火盗の、探索の一助となりうることではないか」

「たしかに」

「疑われぬよう動くことだ。一本筋を通した生き方をしてきた男だ。裏切られたと知ったら容赦はすまい。決して無理はするな」

「承知しておりやす」

「吉蔵に一度会ってみたい気がする」

仁七は、蔵人の真意を測るかのようにじっと見つめた。見返した蔵人の面に笑みが含まれていた。

「折りをみて、必ず引き合わせやす」

「たのむ」

仁七は無言でうなずいた。


蔵人は、深川は小名木川に架かる万年橋に立っていた。八幡がねといわれる、深川八幡宮の時の鐘が夕七つ（午後四時）を打ち終わったところだった。

深川八幡宮の門前には、水茶屋や名物の牡蠣や蛤を売り物とする料理屋が、軒をつらねていた。私娼が春を売る岡場所もあり、深川は参詣客だけでなく多くの遊客を集める、江戸有数の盛り場であった。

蔵人は、今日は深編笠をかぶっていなかった。あえて顔をさらすことで、一味をおびき寄せようと考えていた。

竹本三郎次が斬殺されたことは、すでに一味に知れわたっているはずであった。だれと戦ったか、知っている者がいてもおかしくはなかった。

蔵人は深川八幡宮へ向かって、悠然と歩きはじめた。

永代寺門前町は殷賑をきわめていた。蔵人は、ゆったりとした足取りで歩みをすすめていく。客引きの、おしろいを壁のように塗りたくった水茶屋の女が、声をかけてきた。一瞥もせず通り過ぎる。女は脈なしとみたか、後から来た男に声をかけ、水茶屋へ引き込んでいた。あまりの変わり身の早さに、蔵人はおもわず苦笑いを浮かべていた。

茶屋女の手練手管に、湯水のごとく銭をつかいつづけて、身を滅ぼした男の話はよく聞く。

（男を誑し込むために、ありったけの知恵をしぼる莫連とは、あのような茶屋女をいうのであろうか……）

胸中つぶやいた蔵人のなかに、脈絡なく浮かび上がった、ひとつのことばがあった。柴田が聞きこんできたことであった。

「原田伝蔵殿、夫婦仲がしっくりいっていないようで」

蔵人は、姉のところへよく遊びにきていた、立花綾の顔を思い浮かべた。瓜実顔で色白の、目鼻立ちのはっきりした、美形だがつねに伏し目がちの、どちらかといえば印象の薄い顔立ちであった。蔵人の記憶のなかにある綾の姿はぼやけて、さだかにはおもいだせないもどかしさに、苛立ちすらおぼえた。

蔵人は、綾に特別な感情を抱いたことは一度もなかった。が、知り人の不幸の噂を聞くのは、あまりいい気持のものではなかった。

蔵人が、綾の暮らしぶりにおもいを馳せたとき、それは起こった。前方からやってきた、小袖に袴といった出で立ちの数人の侍が、前に立ちふさがったのだ。

見知った顔があった。旗本二百四十石、樋口仙太郎であった。竹本三郎次と野仕合をしたときに、立ち会ったひとりだった。

一歩前へ進み出、樋口仙太郎はしげしげと蔵人を見つめた。

「間違いない。やはり結城蔵人殿だ。しかし、面妖な。病で急死した者が、なぜここにいるのだ。亡霊かもしれぬな」

膝を折って、蔵人の足下（そっか）をじっとみやった。

「足があるぞ。どうやら幽霊ではなさそうだ」

樋口が顔を寄せて、いった。酒の臭いがした。昼間から酒盛りをしていたらしく、背後の連中も赤い顔をしているのを、蔵人はみてとっていた。

「失礼する」

蔵人は樋口の脇を通りぬけようとした。芝居気たっぷりによろけた、樋口の大刀と蔵人の胴田貫の鞘がぶつかった。蔵人は、足を止めることなく歩き去ろうとした。

「待て。旗本の差料に鞘をぶち当て、何の挨拶もなしに立ち去ろうというのか」

蔵人は足を止めた。ゆっくりと振り向く。

「すまぬ」

それだけいって、踵を返した。

「待て」

「このままではすまさぬ」

行きかけた蔵人に向かって旗本たちが走った。行く手を塞（ふさ）いで、立った。

蔵人はふたたび足を止め、前方の数人をみやった。

「ゆっくりと話がしたい。一緒に来い」

樋口が歩みよった。

「行かぬといったら、どうする」

「腕ずくでも同道してもらう。聞きたいことがやまほどあるでな」

刀を抜きはなった。仲間の者たちも大刀を抜きつれた。

蔵人は刀の鯉口を切った。が、抜く素振りはみせなかった。

「腕ずくなどといわぬことだ。愛刀・胴田貫が鞘走れば、おぬしらは血を流して地に伏すことになる」

「猪口才（ちょこざい）な」

行く手を塞いだひとりが斬りかかった。蔵人が胴田貫の柄（つか）に手をかけた。抜く手も見せぬ手練の居合いが、打ちかかった刀を弾き飛ばしていた。

宙に飛んだ剣が地面に突き立った。

「おぬしらと口を聞く気はない。こんどは斬る」

蔵人は胴田貫を下段に構えた。

「逃がさぬ」

樋口仙太郎に呼応して、旗本たちが取り囲んだ。すでに人だかりがしていた。役目柄、必要以上におのれの姿を人目にさらすべきではなかった。蔵人は、攻撃にうつるべく剣を正眼に構えなおした。

「待て。その喧嘩、待て」

人だかりのうしろから声がかかった。野次馬をかきわけて現れた着流しの武士がいた。

「やっぱり蔵人さんだ。おれだよ。神尾十四郎だよ」

「神尾、十四郎か」

蔵人が知る神尾十四郎とは、あまりにも様相が変わっていた。月代を伸ばした風体は、薄汚れた破落戸浪人としかみえなかった。かつては連日、タイ捨流の道場へ通いつめ、剣で立身することをめざす、生一本の直参旗本の次男坊であった。

十四郎は樋口仙太郎を睨みつけた。

「その人はおれの知り合いだ。これ以上の乱暴狼藉は許さぬ。仲裁が不服というなら、おれが相手になる」

刀を抜き放つや、いきなり斬りかかった。必死に身をかわした樋口仙太郎が、

「おぼえていろ」

憎々しげにわめき、背中を向けて脱兎（だっと）の如く逃げ去った。旗本たちもつづいた。

十四郎は、樋口らの姿が消えたのをみとどけ、大刀を鞘におさめながら振り向いた。

「久しぶりだな、蔵人さん。再会を祝して、近場の茶屋あたりでいっぱいやるか」

「昔馴染みの仲だ。つきあってもよい」

蔵人は胴田貫を鞘におさめた。

第二章　瞋（しん）怒（ど）

一

早朝の胴田貫の打ち振りを終えた蔵人は、井戸端で諸肌（もろはだ）脱ぎとなって汗を拭（ぬぐ）っていた。

水茶屋で盃を酌（く）みかわしたあと神尾十四郎が、

「実は親爺（おやじ）殿に勘当されてしまいましてな。今日はゆくところがない。一夜の宿を所望したい」

と厚かましく申し入れ、蔵人の住まいに泊まり込んで、すでに三日が経過している。出ていく気配は毛ほどもなかった。

（まるで別人だ）

蔵人の知る十四郎は、多少早とちりの、お調子者のところはあったが、

「旗本の次男坊は、家にとって厄介者にすぎませぬ。剣を磨き、どこぞの藩にでも士官して、一身を立てる。それだけが望みでおります。厳しく鍛えてくだされ」と屋敷が近くのこともあって、雨の降る日以外は毎朝たずねてきて、共に修業に励んだ仲であった。蔵人がいまでも特別のことがないかぎり、胴田貫の打ち振りを欠かさないのは、数年にわたる十四郎との鍛錬が、身についた結果のことであった。

懐かしさのあまり上がり込んだ水茶屋で、

「タイ捨流という、いまどきの風潮にあわぬ流派で修業したのが、誤りでござった。次男坊にあたえられる捨て扶持(ぶち)では、とても流行(はやり)の流儀の、月々の指南料を払いつづけることはできませなんだ」

最初は盃で始めた酒を、茶碗にかえてあおりながら、濁った眼を一点に据え、酔いに躰(からだ)を揺らして、繰り返した十四郎であった。

小身旗本の貧窮は、いやというほど味わってきた蔵人だった。神尾家の家禄は二百石である。部屋住みの十四郎の立身に、金をかける余裕などあるはずがなかった。

小身の直参旗本の困窮は、目も当てられぬほどだった。病身の親を抱えた娘のなかには、自らすすんで吉原遊郭などの苦界に身を売る者も、多数いたのである。公儀の御役に就くにも、根回しに多額の運動費が必要だった。上司は公然と謝礼を要求し、応ぜぬ者たちには、一切便宜を計ることはなかった。

金権政治との批判を浴びた田沼意次の時代から、武士道の初心に還り、華美贅沢を嫌う質実剛健をうたった松平定信の政に代わっても、小身旗本の貧窮が変わることはなかった。むしろ行き過ぎた質素倹約政策の徹底により、旗本の妻女のたつきの糧となっていた、着物の仕立ての内職が、大幅に減少するなどして、困窮はより深刻なものとなっていたのである。

松平定信は、八代将軍徳川吉宗の孫である。生まれ落ちたときから大名となることを約束され、将軍職の候補として名を連ねたこともある、貧困とはおよそ無縁の人物だった。育ってきた環境が、貧しい者たちへの配慮をいちじるしく欠落させていることに、定信自身、気づいていなかった。そのことが定信へのひそかな造反を生みだし、失脚の遠因となっていった。

蔵人は、十四郎が日々の鍛錬にくわわるかもしれない、とひそかに期待していた。が、床から起き出して来ようともしなかった。

（心底腐りきっているのかもしれぬ）

哀しかった。組み打ちで何度投げ飛ばされても、跳ね起きてしがみついてきたときの、負けん気を溢れさせた澄んだ眼が、脳裡に浮かんだ。

十四郎はタイ捨流目録を許されていた。実力は皆伝を授けられてもおかしくない業前だった。が、皆伝印可にようする金子を用立てる当てもないまま、無為に時が流れていた。

皆伝と目録では世間の評価が違う。皆伝の使い手といえども、仕官の口はめったになかった。ましてや目録では、皆無にひとしかった。

（もし裏火盗の任についていなかったら、おれも十四郎と似た境遇に陥っていたかもしれぬ……）

蔵人は、清水門外の火付盗賊改方の役宅の庭先で、切腹の座についたときのことをおもいおこしていた。

白いものが、はらはらと舞うように落ちていた。白い桜の花びらと見紛うたもの、それは新春のひとときであることを告げる、白雪であった。頬に降りかかった白雪の冷たさを、いまでもはっきりとおぼえている。

介錯人は火付盗賊改方長官・長谷川平蔵であった。切腹刀を手にとり、おのが腹に突き立てようとした蔵人の手を、刀の峰でしたたかに打ち据え、取り落とした切腹刀を弾き飛ばして、

「結城蔵人は、いま、果てた。おぬしの武士道、しかと見とどけたぞ」

と告げ、さらにつづけた。

「蔵人、おぬしの命、わしにくれい」

そのことばの一言一言が稲妻と化して突き刺さり、いまでも躰の奥底深く、突き立っている。

着替えて着流し姿となった蔵人は、散策を装って家を出た。十四郎が起き出して来る気配はなかった。日本堤をのぞむ浅草田圃沿いの雑木林を、ゆっくりと歩く。

十四郎が泊まり込んだ日から蔵人は、木村又次郎ら裏火盗の面々を、貞岸寺裏の家に出入りさせぬよう、手配りしていた。

（十四郎の動き、胡乱なり。竹本三郎次一味の密偵かもしれぬ）

との疑念を抱いたために、とった処置であった。

雑木林をさらにすすんで、足を止めた。行く手に、散策に出た浪人たちがつどって世間話をしているといったかたちで、多聞らが立っていた。

「神尾十四郎は、やはり竹本三郎次の仲間でござった」

木村又次郎がいった。語気がいつもより荒い。

「密偵に違いありませぬ」

「捕らえて責めにかけ、すべてを吐かせましょう」

晋作と新九郎が気色ばんでいった。

目顔でふたりを制し、蔵人が問うた。

「聞込みでわかったことは、それだけか」

柴田が懐（ふところ）から束ねた書面をとりだした。

「竹本以外の面子（めんつ）も調べあげました。頭格は池上小弥太。覚書にしたためてあります」

受け取った蔵人は、じっくりと目をとおした。

「多聞さん、預かっていてくれ。神尾の存念を見極めるまで、おれのところに務めにかかわるものを、置いておくわけにはいかぬ」

「決して人の眼にはふれさせませぬ」

多聞が書面の束を懐に入れた。

「御頭は、あの男をどう扱われるおつもりで」

柴田の面に訝しげなものがあった。

「おれはむかしの神尾を知っている。人間、数年余りで心底から変わるものではない」

「万が一、腐りきっていたらどうなさる」

木村が問うた。

「そうさな」

蔵人は木村から多聞、柴田らへと視線を流して、いった。

「敵と見極めたら、おれが斬る。人に斬らせるわけにはいかぬ」

穏やかだが、厳しいものが声音に秘められていた。

多聞らは、無言でうなずいた。

雑木林から貞岸寺の裏庭へ向かおうとして、蔵人は足を止めた。中庭に神尾十四郎の姿があった。諸肌をぬいで、無銘だが自慢の愛刀を打ち振っている。集中している証に、太刀筋に魂がこもっていた。が、その動きにかつての鋭さはなかった。いかに自堕落な暮らしをしていたかが想像できた。

顔から汗が滴っていた。躰から湯気が立ちのぼっている。かなりの間、鍛錬をつづけていたとおもわれた。

蔵人のなかに、悪戯心が芽生えた。大木の後ろに身を隠し、殺気を発した。感覚がどれほど衰えているか、たしかめる目論見もあった。

気を感ずるや、十四郎は横転して、木蔭に身を潜めた。油断なく警戒の視線を走らせている。研ぎ澄まされた感覚は、以前とかわってはいなかった。そのことが蔵人に、

(会わぬ間に、何度か修羅場をくぐったものとみえる。荒んだ暮らしぶりだったのであろう)

とのおもいを抱かせ、油断はできぬ、との警戒心を強めさせた。

蔵人は、ゆっくりと大木の後ろから姿をあらわした。刀を右手に下げ、大木の蔭から油断なく様子をうかがっていた十四郎が、苦笑いを浮かべた。

「人が悪いな、蔵人さん。要らぬ用心しちまったぜ」

「あまりに真剣な様子だったので、ちょっとからかってみたくなったのだ。許し

てくれ」

　十四郎は刀を鞘におさめた。

「蔵人さんが毎朝鍛錬しているのに、おれが何もやらずでは、少々気が咎めてな。久しぶりにいい汗をかいた」

　探るよう見つめて、つづけた。

「なんであんなに熱心に修業するんだ。時々、懇意にしている町道場から頼まれて、師範代の真似事をしているときいたが、それだけではない気がする」

　単刀直入な物言いだった。十四郎は生一本の、不器用な性格だった。その気質が災いして、剣も正攻法で、戦法のかけらもなかった。打ち込んで打ち込んで打ち込みまくる一本調子の剣で、押しては退き、さらに押すといった手立てを講じる気は、さらさらないようにおもえた。稽古の合間に、蔵人がいったことがある。

「兵法を学ぶと、剣技に新たな面が加味されるのではないか。おれは、工夫が必要だとおもう」

　十四郎は即座に答えた。

「あくまでも正攻法に徹したいと考えています。攻めて攻めまくる。それがおれの剣法です」

蔵人は、しげしげと十四郎の顔を見つめた。三歳年下であるにもかかわらず、酒で赤く焼けただれ、蔵人よりずっと老け込んでいるようにみえた。

「おれの顔、なんか変かい」

声に不安なものが含まれていた。いまの暮らしに、忸怩(じくじ)たるおもいを抱いている証と感じられた。

「変だ」

蔵人は素っ気なく応えた。

「そうか。変か」

声の調子がさらに沈んだ。

「酒をひかえるべきではないのか。躰の切れが悪い。長時間の勝負になると勝ち目はない」

十四郎は黙り込んだ。吐きすてるようにいった。

「おれの相手は、やくざか破落戸(ごろつき)だけだ。長丁場の斬り合いなど無縁だよ」

「そうかな」

蔵人は見据えた。

「おれと斬り合う羽目に陥ることも、あるのではないのか」

烈々たる気迫が蔵人の躰から迸ったかとおもうと、抜く手も見せぬ居合いの早業が十四郎を襲っていた。

十四郎は横転して逃れていた。胴田貫は空に留まっている。

「腕を上げたね、蔵人さん。刃先の位置はおれの躰に、紙一重届かぬところだ。悪さが過ぎるぜ」

上目遣いに見上げて、うらめしげにいった。

蔵人は胴田貫を鞘におさめた。

「おれが刀を止めなければ死んでいたぞ。言葉づかいも悪くなったが、躰の動きも、勝負勘もそれ以上に鈍くなった」

「強そうな奴に出会ったら、すぐ逃げるさ。おれの棲んでいるのは強請、たかり、人殺しと、何でもありの世界だ。卑怯を恥とはおもわないね」

蔵人は、黙った。

一陣の風が土埃を舞いあげて、通り過ぎた。

「魚釣りにでもゆくか」

柔らかな蔵人の声音だった。

「むかしみたいに、肩を並べて糸を垂れる。悪くない。日和もいい」

十四郎が眼を輝かして、空を見上げた。朝の陽が雲の間から顔を出し、たおやかな光を降り注いでいる。暑くもなし、寒くもなしの過ごしやすい一日とおもえた。

釣り竿と魚籠を手にした蔵人と十四郎が、肩を並べて裏庭から貞岸寺の表門へ向かって歩いていく。その後ろ姿をじっと見つめるふたりがいた。大林多聞と雪絵であった。

「御頭の動きは、完璧に封じ込められている。あの男が敵対する何者かから送り込まれた密偵だとすれば、その役割を、見事に果たしていることになる。御頭は何の手もうたれない。木村たちが不安におもうのは当然のことだ」

雪絵がちらりと多聞に視線を走らせた。かつて盗っ人の一味から、密偵として送り込まれた経緯がある雪絵だった。密偵をつとめる者の気持が、わからぬではなかった。その経験が、

（神尾さんには敵するこころはない）

との確信をもたせていた。朝餉の支度に通う雪絵には、十四郎の様子を窺う機会がふんだんにあった。蔵人が朝の胴田貫の打ち振りをはじめると、床を抜け出

し、裏庭に面した戸障子のそばに坐って、じっと耳を澄ませて振られた剣の発する風切音に聞き入っている。蔵人の鍛錬が終わると、そそくさと床にもどって寝入ったふりをする。すべて雪絵が、かつて為したことであった。雪絵は日々の練磨を怠らぬ、真摯な姿に接することで、蔵人に急速に魅かれていったのだった。

（神尾さんは見失ったこころの支えを、蔵人さんといることで、取り戻そうとしている）

雪絵は、そうみていた。

多聞が溜息をついて、屋内へ姿を消した。雪絵は、遠ざかるふたりをじっと見つめて立ちつくしている。

二

仁七と無言の吉蔵は、世直し一味が押込みを働いた大店の周辺を嗅ぎまわっていた。ほとんどの盗っ人が、十分な下調べをして押し込む。狙う御店に引き込み役の女盗を、下働きとして一年近く住みこませることなど、ざらであった。

盗っ人たちがいかに用意周到に仕掛けようと、盗みのどこかに、必ずとりこぼしがあるものだった。正統派の大物盗っ人として鳴らした吉蔵でも、一分の狂いもなく仕遂げた盗みなど、二つとなかった。

「何度も計画を練り直し、これでよしと見極めて押し込んでも、小さな綻びの二つ三つはでてくる。ましてや、仕事ぶりからみて、世直しの奴らは素人だ。探れば必ず手がかりが拾えるはずだ」

吉蔵のいうとおりだった。雁金の仁七といえば、仲間内では腕利きとして名をとどろかせた盗っ人だった。その仁七ですら、仕事を振り返ってみて、何のしくじりもなく仕遂げたことは、ほとんどなかった。

「片っ端から調べあげますか」

「それが一番の早道だろうよ。蔵前の大口屋あたりからはじめよう。間近にあった押込みだ。ぐるりの人たちの記憶もたしかだろう」

そういって、吉蔵は自信たっぷりの笑みを浮かべたものだった。

が、その自信が揺らいでいる。聞込みをはじめて三日もたつというのに、手がかりのひとつもつかめていなかった。

聞込みを終えたあと、駒形へ向かった仁七と吉蔵は、泥鰌鍋を肴に一杯やろうとしていた。盃を一息に干して、吉蔵がいった。

「どうやらおれの読みははずれたようだ。あっさり負けを認めるよ」

「お頭らしくもねえ、まだ始まったばかりですぜ」

「いや。これ以上粘っても何も出てこないさ。しくじりに気づいたら、手早く次の手を打つ。それがおれの信条でね」

仁七は黙った。ぐるりを聞きこんでも、仕掛けの臭いは何一つ嗅ぎ出せなかった。考えられることがふたつあった。

世直し一味の盗みに、万に一つの失態もなかったか、あるいは押し込む店だけを決めて、何の準備もなく押し入ったかであった。事前に何の用意もなかったとなると、厄介なことになるとおもった。

「いんちき者の世直し一味に、本筋の、おれたちのやり方を当てはめて考えたのは、間違いだったんじゃねえのかな」

独り言のような吉蔵のつぶやきだった。酒を盃にそそいで、呑もうと盃を持ち上げた手がとまった。

「そうに違(ちげ)えねえ」

盃を膳にもどして、いった。

「奴らは狙う店を決めたら、何の段取りも組まずに、ただ押し込んで銭を奪っていくんじゃないのかね。ぐるりの様子を調べるなんて、しち面倒くさいこたぁ、やらないいんじゃないのかね」

「お頭もそうおもいやすか。実はあっしも、そんな気がしてならないんで」

吉蔵が鍋の泥鰌を箸ではさんで、口へ運んだ。食べ終えたあと、ぽつりといった。

「無駄なこと、やっちまったね」

「いえ。奴らにあっしたち玄人の考えは当てはまらない、ということがわかっただけでも、動いた甲斐があったというもので」

「そういってもらえると、おれも気が楽だがね。さて、どうするかだ」

そういったきり口を噤んだ。泥鰌がうまそうな匂いを発して煮え立っている。

仁七は泥鰌を一匹、箸でつまんで口にほうり込んだ。骨まで火が通っているのか、柔らかく、口中でとろけた。盃を干して、いった。

「奴らは狙う店を、何を目当てに決めるんでしょうか」

「そのことよ。おれたちとは違う考え方で盗みをつづけているとなると、動きの予測がつけられねえということになる」

「いつか出くわす。そうおもって、夜廻りをつづけるしかないってことですか」

吉蔵は、うむ、と唸って首をひねった。

「何か手立てがあるはずだが……」

腕組みをした。酒を呑むことさえ忘れている。

「盗みをやっているのは、二本差だって噂ですぜ」

仁七は蔵人から聞きこんだことを、さりげなく口にした。

「二本差。浪人かい」

「二本差といっても、いろいろありやすからね。町の無頼と変わらないお侍もいますぜ」

「そうさな」

吉蔵は組んでいた腕をほどき、盃を手にした。一息に呑む。

「いいことを聞かせてくれた。二本差にかかわりのあることが、押し込まれた御店の近くにあるかもしれねえ」

「手分けして聞き込みますか」

「そうしよう。鬼が出るか蛇がでるか。それともまったくの空振りで終わるか。やってみなきゃわからねえ」

吉蔵はむかしから粘っこい性格だった。なかなか諦めない。三年に亘って下準備をし、いよいよ押し込む段取りになったとき、狙いをつけた店の主人が急死したことがあった。主人が代われば店のありようも変わる。吉蔵は、さらに一年下調べをつづけ、ついに目的を果たした。

押し込まれた御店の主人も住み込みの奉公人も、寝入ったままで、無言の吉蔵一味が忍び入ったことには、まったく気づかなかった。

翌日、番頭が仕入れの金を用意すべく金蔵へ入った。四箱あった千両箱が、すべて消え失せていることに仰天(ぎょうてん)し、大騒ぎになってはじめて、盗っ人に押し込まれたことがわかった。

「まさに神業ってやつよ」

そのとき盗みにくわわった、同業の者からきかされた話を、仁七はいまでもよくおぼえている。

「ところで仁七さん」

吉蔵の呼びかけで、仁七は現実に呼び戻された。

「世直しの一味が二本差だということを、どこのだれから聞いてきたんだね」

吉蔵の眼に、疑惑の色があった。わずかな変容も見逃がすまいと見据えている。

仁七は、背筋に冷たい汗が浮かび上がるのを感じた。

探索にかかわる者しか知り得ない事柄であった。

さすがだった。なまじな言い訳は通用しない相手だった。蔵人のことばが甦（よみがえ）った。

「吉蔵に一度会ってみたい気がする」

（蔵人の旦那なら、うまく立ち回ってくれるに違いない）

仁七は腹をくくった。

「結城蔵人さまという、町道場で師範代をなさっておられる方が、あっしの船宿の上客でして。そのお方が稽古をつけていらっしゃる門弟のひとりに、町奉行所の探索方の役人がいて、いろいろと話がはいってくるというわけで」

「仁七さんと結城さんというご浪人は、よっぽど気があう仲なんだね。でなきゃそんな秘密の話は耳に入らない」

「そのとおりで。あんないい方はめったにいねえ」

吉蔵は笑みを浮かべて、いった。

「結城さんと会わせてくれないかね。武州川越あたりの大店の隠居、といった触れ込みでどうだい。明日でもいい。話しているうちに、探索の手がかりをつかめるかもしれない」

「すぐにも手配いたしやす」

仁七は神妙な顔付きで応じた。


翌朝、仁七は浅草新鳥越町二丁目の貞岸寺へ向かった。右手に、豪勢な料理をたっぷり詰めこんだ重箱を包んだ、風呂敷を下げている。貞岸寺裏の離れ屋に住む結城蔵人を、懇意にしている船宿の主人が、手みやげをもって訪ねていく。だれが見てもそうおもえるかたちだった。雪絵から、

「密偵らしき侍が居座っている。その名は神尾十四郎」

とひそかに知らされていた仁七が、知恵を絞った結果の動きであった。

（無言のお頭のことだ。おれの後を尾けているかもしれねえ）

そのことにたいする偽装の意味合いもあった。いまのところ、尾行している者の気配はなかった。警戒を重ねながら、仁七は歩みをすすめた。

庭に面した濡れ縁で、蔵人は座禅を組んでいた。仁七は、軽く会釈をして歩み寄った。開け放した戸障子の向こう、座敷に肘枕で横たわる、着流しの浪人の後ろ姿が見えた。神尾十四郎に違いなかった。

蔵人がしずかに眼を開き、いった。

「どうした」

「久しぶりに昼飯でもとおもって、腕によりをかけた料理持参でまいりました」

風呂敷包みをかかげて見せた。

「それはありがたい」

蔵人が、背後に十四郎がいることを、目配せして知らせた。

「せんだって、雪絵さんが往診の帰りに立ち寄られて、委細承知しております」

「それはよかった。まあ上がれ」

むっくりと十四郎が起きあがった。仁七をじっと見つめている。

「お客さんがいらしたんですかい」

仁七は初めて気づいたかのように、大袈裟に驚いてみせた。

「神尾十四郎。おれの幼馴染みだ」

十四郎を見返って、蔵人がことばを継いだ。

「仁七さんだ。水月という船宿をやっている」

十四郎は微笑み、頭をかるく下げた。愛嬌（あいきょう）のある、憎めない笑顔だった。

「仁七といいやす。よろしくお引き立てくだささい」

腰をかがめた。にじりよった十四郎は、仁七が濡れ縁に置いた風呂敷包みの匂いを嗅いだ。

「こいつはうまそうだ。ご相伴にあずかってもいいかな」

蔵人から仁七へと視線を流した。

「駄目だ、といったらどうする」

「蔵人さん、そりゃないぜ。猫に鰹節を見せて、追っ払うようなもんだ」

「そばにいるんだ。仕方あるまい。食わせてやるか」

「そうこなくちゃいけねえ」

風呂敷包みを抱え込み、座敷のなかへ入っていった。

十四郎から蔵人に視線をもどして、仁七がいった。

「せんだってお話ししました吉蔵さんとの顔合わせ。今夜にでもいかがかと、先方が」

「それは、急なことだな」

蔵人の眼が、なにかあったかと問いかけていた。

「いろいろと世間話などをしたい様子で」

うむ、と蔵人はうなずいた。

「暮六つに水月にゆく。手配りしてくれ」

「わかりやした。まずは昼餉といたしやしょうか」

唇を歪めた、いつもの笑みを浮かべた。


船宿水月の、障子を開け放した二階の座敷の窓辺に坐り、蔵人はぼんやりと川面を眺めていた。十四郎は、見え隠れに後を尾けて来ていた。あらゆる動きからみて、池上小弥太の一味が送り込んだ間者であることはあきらかだった。

（いずれ斬ることになるかもしれない）

その日のことを考えると気が重かった。無言の吉蔵のことへと思考を切り替えた。蔵人に会いたいといった経緯については聞かされている。仁七を疑っていることはたしかだった。

（嘘にあわせて、話をつくりあげるしかあるまい）

そう腹をくくっていた。が、

（海千山千。無数の修羅場をかいくぐってきた吉蔵を、どこまで誤魔化しきれるか）

とのおもいが、引っ込んではすぐに頭をもたげてくる。仁七ほどの者の嘘を、見抜いたかにみえる吉蔵である。蔵人の駆け引きなど、通用するはずがなかった。

暮六つ（午後六時）を告げる時の鐘が響いてくる。

「お着きになりました」

廊下から襖ごしに、仁七の声がかかった。蔵人が振り返ると、開けられた襖の向こうに律儀に正座した吉蔵が坐っていた。

「武州川越の木綿問屋の隠居・吉蔵でございます。お呼び立てして申し訳ありませぬ」

深々と頭を下げた。

「結城蔵人と申す。時間を持て余す気楽な浪人暮らし。夕餉の馳走にありつくなどめったにないこと。お招き、ありがたくおもっております」

向き直った蔵人は、膝に手を置いて深々と頭を下げた。

三

仁七は昨夜のことをおもいおこしていた。蔵人と吉蔵の出会いは、まずはうまくはこんだといってよかった。一刻（二時間）ほどの会合だった。

蔵人を見送ったとき、吉蔵がいった一言が、いまでも耳に残っている。

「いい人とめぐり会ったね。大事におしよ」

吉蔵は、それ以上何もいわなかった。

「仲間うちでも、銭金の動きはきちんとしなきゃいけねえよ。今夜はおれの宴席だ」

帰り際にそういい、固辞する仁七になにがしかの心づけをくわえた払いをすませて、吉蔵は引きあげていった。

吉蔵が蔵人を全面的に信じたかどうか、その見極めはつかなかった。が、悪くはおもっていない、とのたしかな手応えはあった。

蔵人は多くを語らなかった。が、

「拙者が剣の手ほどきをしているのは、火付盗賊改方の同心・相田倫太郎殿でござる。仁七が、町奉行所の探索方と誤解したのは、ただ同心とのみつたえたからでしょう。相田殿は、時折拙宅にも訪問される。弟子というより、年下の友とでもいうべき間柄でござる」

ときっぱりいいきったものだった。そのとき、仁七は、

（さすがに蔵人の旦那だ。相田さまなら、貞岸寺裏の隠れ家に顔を出される。万

が一、無言のお頭がだれかを張り込ませたとしても、嘘のない話だということがわかる）

　相田倫太郎の住まいは、市谷七軒町の御先手組組屋敷であった。が、突発的な出役が多いこともあって、清水門外の火盗改メ役宅の長屋に、単身泊まり込んでいた。もし尾行されることがあったとしても、相田は役宅へもどる。蔵人の話が裏打ちされることになる道理だった。

　深川にある永代寺の正門前の通りに足を止め、仁七は周りを見渡した。

世直し一味は、永代寺門前町近くの大島町にある、廻船問屋［遠海屋］にも押し込んでいた。

　吉蔵と、

「手分けして、押し込まれた御店の近辺を聞き込もう。二本差が関係した何かがあるかもしれない」

　と打ち合わせた上で大島町へ出張ってきた仁七だった。

　しかし、取り上げるべきものは何ひとつなかった。手がかりをもとめて永代寺門前町へ足を伸ばしたが、そこでも何も見いだせなかった。

（永代寺門前東町から入船町、さらに足を伸ばして木場までゆくか、それとも引

きあげるか）

思案して立ち止まっている仁七だった。

どこからか、子供たちのはしゃぐ声が聞こえてくる。見ると山本町と永代寺門前町の境にあたる町家の路地から、子供たちが出てきた。粗末な身なりだった。おそらく近くの裏長屋の子供たちだろう、と仁七は推量した。

ぼんやりと眺めていた仁七の眼が、大きく見開かれた。子供たちにつづいて数人の、袴姿の武士が現れたのだ。子供たちは風呂敷包みを抱えている。何人かの手が墨で汚れていた。読み書きでも習いにきているのであろう。様子から、師匠は武士たちとおもえた。

ぞろぞろと子供たちが出てくる。三十人は下らぬ数であった。武士たちは七、八人もいるだろうか、いずれも月代をととのえ、身なりもこざっぱりとした者たちであった。

（浪人じゃねえ。おそらく小身の旗本か御家人……）

仁七はそうみた。

子供たちを見送った武士たちは、談笑しながら路地の奥へと消えていった。

仁七は、三々五々と散っていく子供たちをやり過ごした。子供たちの姿が見えなくなったのを見とどけてから、山本町へ向かって歩き始めた。

路地に足を踏み入れた仁七は、足を止めた。数軒先の、かつては小さな店だったとおもわれるつくりのしもた屋から、子供たちを見送っていた武士たちが出てくるのが見えた。仁七は歩き出した。談笑しながら来る武士たちと行きちがう。武士たちの話が耳にとびこんで来た。

「左官の息子は物覚えがいい」

「植木職の次男坊、何とかならんかな。落ち着きがなくて困る」

教えている子供たちの、品定めをしているのであろう。

仁七は町家の軒下で立ち止まった。道でも探しているかのように、周囲を見渡す。

「おっ、原田さんだ」

「どうしたんだろう。来られる予定じゃなかったが」

武士たちのざわめきに振り返ると、本多（ほんだ）に髷（まげ）を結い上げ、焦茶色（こげちゃいろ）の羽織に深川鼠（ふかがわねずみ）の小袖、渋茶の袴を身につけた長身で筋骨逞しい、三十そこその武士を取り巻いている。眉太く、一重瞼（ひとえまぶた）で腫（は）れぼったい眼、左右に拡がる小鼻、薄く大きな唇、しゃくれた長い顎。原田はいかにも無骨な容貌の持ち主であった。

一同に何やら指図している。武士たちに、さきほどまでの和らいだ顔は失せていた。殺気走った、尖ったものさえ感じられた。

わずかな立ち話だった。武士たちが散ったのを見とどけて、原田はゆっくりと踵を返した。

町家の蔭に身を移していた仁七は、原田を尾行するべく行動を起こした。

その夜、仁七と無言の吉蔵は、水月の二階の座敷にいた。探索の結果を話し合いながら、軽く一杯やって夕餉をとる。それが吉蔵の、このところの習慣になっていた。

「そうかい。仁七さんが尾けた二本差は、旗本小普請組の原田伝蔵さまだったのかい」

「屋敷へ入ったのを見とどけてきやした。近所で聞きこんだところじゃ無住心剣流の達人、なかなかの評判のお方でして」

「おれが廻った蔵前にも、二本差にかかわる話があったよ」

吉蔵は盃を口に運んだ。ぐびりと音をたてて、呑んだ。

「無料で、裏長屋の子供たちに読み書きを教えているお旗本たちがいてね。その頭格の名が原田伝蔵さまだ」

「世直し一味に押し込まれた御店の近くに、奇特なお旗本たちが開いている、謝礼なしの寺子屋があるってことですね」

「そこよ。二ヶ所とも、原田伝蔵さまの息がかかった寺子屋だ。気にいらないねえ」

「気にいらないといいやすと」

「どちらも、世直しを気取ってるのがさ」

吉蔵が皮肉な笑みを浮かせた。

「盗んだ銭を配る義賊まがいの悪党と寺子屋。かたちは違うが、ともに世直しには違いねえ」

あまりにもうがった見方だった。が、貧者へのお恵みという一点に絞りこめば、つながりがある、と仁七はおもった。

「明日また、押込みにあった御店の近くを、あたってみようじゃないか。そこに原田伝蔵さまにかかわりのある、寺子屋なり人助けのための寄合があったらどうなる？」

「そこまで重なると、ただごとじゃねえってことになりやすね」

仁七は顔を引き締めた。

「ただの山勘」

と一笑には付せないものが、そこにはあった。

「明日が楽しみだね」

吉蔵がにこやかに微笑んだ。どこにでもある好々爺の笑いだった。


同じ頃、深川八幡近くの料理茶屋で、ひとつの酒宴が催されていた。贅を尽くした膳を前に、床の間を背にして坐るのは、大目付・榊原摂津守永正だった。七千五百石の大身旗本である榊原摂津守は、軽輩の身から一代で大名に成り上がった、先の老中・田沼意次の例にあるように、動き如何によっては一万石の大名に、さらに望めば、老中職をも狙いうる立場にある者であった。

傍らに控えるのは原田伝蔵であった。

向かい合って絹問屋［備後屋］作兵衛、米問屋［大洲屋］儀助、札差［室町屋］伊佐蔵が坐していた。備後屋、大洲屋、室町屋はいずれも江戸有数の大店だった。かつては幕府御用達の立場にあった備後屋たちだったが、松平定信が老中首座に就任すると同時に、認許を取り消されていた。

「順調に事は進んでいる。もう一頑張りだの」

榊原摂津守が原田伝蔵を見やった。一息おいて、いった。

「御老中は生まれながらの大名。大名の暮らし以外のことは、何もわからぬお方。ましてやわれら旗本のことなど、ただの役立たずとしか、考えておられぬわ」

「そのことは、日頃の動きから推量できます。武を尊ぶといっておられるが、剣をよく使う小身旗本のなかから抜擢され、出世した者はひとりもおりませぬ」

「おぬしらの不平、不満はよくわかる。わしも旗本じゃ。大名どもの不遜な態度に、何度口惜しいおもいをしたことか。われら三河以来の旗本が、いまいかに冷遇されているか。このことを、上様に身をもって諫言し、政を糾すことこそ、われらが忠義。われらが務めじゃ」

「承知しております。真の幕政改革の礎となる覚悟で、事にあたっております」

「わしも腹切る覚悟でいる。直参旗本の権威を開府時に復すべく、死力を尽くそうぞ」

「は」

眼に決意を漲らせ、低く応えて原田が首肯した。

話に聞き入っていた備後屋が、頃合いとみたか銚子を手に、原田の前に膝行した。

「かたい話はこれまでといたしましょう。まずは一献(いっこん)」

「軍資金など用立てていただいた備後屋どのに、酌までしていただいては、申し訳ない。気遣いは無用に願いたい」

「まずはぐっと。芸者衆を呼び込みますので、後は綺麗どころとのんびり呑(や)ってくださいまし」

原田が一息に盃を干した。

「お見事。大洲屋さん」

備後屋が振り返った。うなずいた大洲屋が、戸障子に向き直って、手を打った。

「ただ今」

と芸者の声が上がり、廊下側から戸障子が開けられた。芸者たちが膝行して入ってくる。

「原田。今夜は帰れぬぞ。わしも芸者と床を共にする。旗本の外泊は、御上に届け出て許可を得ねばならぬ掟(おきて)だが、一夜ぐらいの骨休めは、大目にみてもらえるだろう。不仲の若妻のことなど忘れて、今夜は大いに楽しむことだ」

榊原摂津守が卑(いや)しい笑みを浮かべた。原田伝蔵は、黙って盃を干している。

本所松坂町の武家屋敷の建ちならぶ一画に、勘定吟味役・村岡為次郎と若党、ふたりの仲間の、膾のように切りきざまれた無惨な死体が転がっていた。見いだしたのは、辻番の見廻りであった。羽織に染め抜かれていた家紋から、旗本三千石村岡家が浮かび上がり、用人に顔改めさせた結果、当主・為次郎であることが判明したのだった。

　村岡為次郎が斬殺されたことを知らされた松平左金吾は、ただちに江戸城へ伺候し、松平定信に面談を申し入れた。村岡の死は、すでに定信も報告を受けていた。

「すべて探索方の気のゆるみが引き起こしたこと。このことにかかわる処置、すべてまかせていただけませぬか」

　定信は、うむ、とうなずいたきり黙り込んだ。松平左金吾が早朝の見廻りなど以前と同じような動きをしていると、池田筑後守から報告を受けたとき、おのれの判断が間違っていたのではないか、とのおもいにとらわれたものだった。目の前にいる縁戚の男は、ことさらに肩を怒らせ、力みかえっている。以前は老中首座と縁続きであることをやたらひけらかし、同役の長谷川平蔵や、江戸南北両町奉行、配下の者に居丈高に接して、周囲の反感と顰蹙をかった男だった。とばっちりがおのが身に及んで困惑したのを、いまでもはっきりとおぼえている。

定信の沈黙に焦れたのか、松平左金吾がいいはなった。

「御老中になりかわり、気合いを入れること、お許しくだされませぬか。このまま手をこまねいていては、暗殺者をのさばらせることになりかねませぬ」

定信は、おもわず首肯していた。村岡為次郎も、定信が推して抜擢した者であった。改革を押し進めるべく配置した者の暗殺は、これからもつづくであろうとの予測がさせたことであった。

が、左金吾はそうはとらなかった。

「さっそくの許諾、痛み入ります。不肖松平左金吾、まずは同役の長谷川殿の役宅へ出向き、厳しく叱責いたす所存。御免」

左金吾は一礼するや裾をはらって立ち上がった。定信が口をひらきかけたときには、用部屋の戸襖に手をかけていた。

定信は姿勢を正し、静かに眼を閉じた。

長谷川平蔵は、村岡為次郎斬殺の場より立ち戻った与力・進藤与一郎の復申を受けていた。

「お待ちくだされ。案内も乞わず、あまりにも礼を失する振る舞い」

近づく入り乱れた足音に、相田倫太郎のわめき声がかぶった。

「老中首座の意を受けた松平左金吾、失態つづきの長谷川殿に、一言物申すために参った。罷り通る」

座敷の戸襖が開けられるや、立ちふさがった相田倫太郎が突き飛ばされ、もんどりうって転がりこんだ。

廊下で、松平左金吾が仁王立ちとなって、吠えた。

「長谷川殿。勘定吟味役・村岡為次郎殿が斬殺された。世直し一味による押込みもつづいている。腹切る覚悟の気迫をもって御役を務めれば、かように不様な有様にはならぬはず。返答如何では厳しい処断がくだろうぞ」

平蔵は左金吾を見上げた。いつもと変わらぬ穏やかな顔つきだった。

「これは松平殿。ご忠告、身に染みまする」

平蔵は姿勢を正して、畳に両手をついた。

「向後、気を引き締めてお務めに励みますれば、今日のところは平にご容赦」

深々と頭を下げた。それきり身動きひとつしなかった。

「いうことはそれだけでござるか」

平蔵は畳に額を擦（こす）りつけんばかりに、さらに深く頭を下げた。

松平左金吾はしばらくの間、憎々しげに平蔵を睨みつけていた。

「御免」

言い放つや、足音高く歩き去った。

平蔵は顔を上げて、いった。

「進藤、御老中の息のかかった者だけが狙われている。殺された者の身辺を洗い直せ。つねと変わったことがあったかもしれぬ。何が手がかりになるかわからぬでな」

相田倫太郎に顔を向けた。

「石川島人足寄場へ行く。手配せい」

四

神尾十四郎は肩を揺らして歩いていく。めずらしく、住まいに蔵人を残しての外出であった。

貞岸寺の表門を出たときから、尾行がついていることを察していた。蔵人が命じたこととはおもえなかった。

（蔵人さんは、おれが密偵だと察している。なのに、気儘にさせてくれている……）

そのことが気持に、日に日に重さを増す重石となって、のしかかっていた。敵意がある相手なら、それ相応の対応ができる。が、厳しいことをいっても、こころの奥底に優しさを秘めた相手に、憎しみを抱くことなどできなかった。

（何か秘密の任務についているのだ）

十四郎はそう推量していた。そのなかみが何かはわからない。が、蔵人の日頃の動きからみて、それが生きる目的となっていることは間違いなかった。隣家の町医者大林多聞と、食事や身の回りの世話に通ってくる助手の雪絵も、務めにかかわりがある者とみていた。また、多聞のところに出入りしている、四人の浪人たちも仲間に違いない、と判じていた。

十四郎は、池上小弥太から、

「結城蔵人が生きている」

と告げられた日のことをおもいおこしていた。

前日に池上小弥太たちが何をしていたか、一切興味はなかった。ただ結城蔵人と血闘したとみられる竹本三郎次が、法恩寺の境内で一刀のもとに斬り伏せられ、骸(むくろ)をさらしていたという事実が、十四郎に衝撃を与えた。

「旗本同士ではないか。命まで奪うことはなかろうに」

一時は、血を分けた兄以上の親しみをおぼえていた蔵人といえども、

「許せぬ」

とおもった。話し合っても折り合いがつかず、争いになることはあるだろう。斬り合いになっても、怪我をさせるていどで止めるべきではなかったのか。

竹本三郎次は好きな男ではなかった。やたら剣の腕をひけらかし、何事においても偉そうな態度をとる、嫌みな性格の持ち主だった。そんな男が斬られて死んでも、痛くも痒(かゆ)くもなかった。ただ、斬った相手が問題だった。十四郎の知っている結城蔵人は、そんな情け無用の男ではなかった。なぜか裏切られたかのような感情にとらわれたのを、いまでも鮮烈におぼえている。

池上小弥太が、憎々しげにいった。

「病死したと世を偽(いつわ)って、こそこそと動きまわっている。旗本の勢威を開府の折

りに復すべく、われらが艱難辛苦しているというに、行く手に立ちふさがるがごとき行動は許せぬ。結城蔵人が、何をなそうとしているか探ってくれ。あ奴と兄弟同然の仲だったお主であれば、密偵として潜り込むのは、造作のないことであろうが」

蔵人と出会うには、盛り場に人を配して偶然の出会いを待つしか、手立てがなかった。池上小弥太の張りめぐらした網に蔵人が引っかかったのが、深川八幡の門前町だった。

池上小弥太の屋敷は、本所横川町は北割下水近くにあった。尾けてくる者がいる以上、まっすぐ池上小弥太の屋敷へ出向くわけにはいかなかった。

奇しき因縁とでもいうべきか、間近に蔵人と竹本三郎次が血闘した法恩寺があった。

(法恩寺の境内に誘い込み、決着をつける)

腹を決めた十四郎は、横川沿いの通りへ出、法恩寺橋を渡った。

法恩寺の総門をくぐろうとして、足を止めた。

「総門脇の境内に、竹本三郎次は無念の眼を見開き、横たわっていたのだ」

口惜しげに声を震わせた、池上小弥太のことばが甦ってくる。十四郎はそこに竹本の骸が転がっているかのような、錯覚にとらわれた。

（必ず斬る）

決意を込めて奥歯を噛みしめた。奥へすすんで、こんもりと繁る灌木(かんぼく)の後ろに身を潜(ひそ)める。

やがて警戒の視線を配りつつ、二十代後半の侍が総門の方から歩いてきた。雪絵が、

「新九郎さん」

と呼んでいた浪人だった。

新九郎は気配を察したか、灌木から数尺の距離で立ち止まった。刀の鯉口を切った。

十四郎はゆっくりと立ち上がった。一歩歩み出て、刀の柄(つか)に手をかけた。

「なぜ尾ける」

新九郎は応えなかった。身構えて半歩迫った。

「おれを疑っているのは分かっていた。世間に知られてやましいことが、お主たちにあるのか」

「やましいことなど、ない」

新九郎はきっぱりといいきった。澄んだ眼で十四郎を見据えた。

(この男と刃を合わせたくない)

突然湧いて出た感情が、十四郎をとらえた。刀の柄から手を離した。

新九郎の面に、訝しげなものが浮かんだ。が、抜刀の構えを解こうとはしなかった。

「おれは、蔵人さんとはこころを許した間柄の者だ。敵意はない」

「敵意がないとはいわせぬ。張りついているのが敵意の証だ」

十四郎は苦い笑いを浮かべた。たしかにその通りだった。

「どうしたらわかってもらえるかな」

おもわず出たことばだった。困惑を露わに小首を傾げた。

「尾けてこられては困るんだ。おれにもいろいろとつきあいがあってな。知り合いがこれ以上争うことになると、つらいんだよ。頼む。引きあげてくれないか」

片手で拝んだ。

新九郎の顔が紅潮した。

「愚弄(ぐろう)するか」

刀を引き抜いた。

後方へ飛び下がった十四郎は、途方に暮れていた。どうしたらいいか、迷っていた。脳裡に突拍子もないことが浮かび上がった。

（これしかない）

即座の決断だった。何の躊躇もなかった。腰の二刀に手をかけるや引っこ抜いて、投げ捨てた。境内に、大小二刀が鈍い音をたてて転がった。

「この通りだ。おれは、あんたと斬り合いたくないんだ。勘弁してくれ」

こんどは両手をあわせて懇願した。

「蔵人さんも旗本、おれも、仲間も旗本。旗本同士、いがみ合っちゃいけねえんだよ。おれはなんとか仲直りしてもらいてえと願ってるんだ。できるものなら仲立ちしてえとおもってるんだ。頼むよ。しばらくほっといてくれよ」

新九郎は呆気にとられていた。無腰の者を斬るわけにはいかなかった。

「刀をとれ」

正眼に構えなおした。

「いやだ。おれは、やりたくねえ」

顔を左右に打ち振った。真摯極まりない顔つきであった。

新九郎は呆れかえっていた。

(憎めぬやつ……)

ところの声が囁きかけていた。

「これ以上、われらにつきまとうな」

刀を鞘におさめた。

「どうしても仲直りさせたいんだ。もう少し時間をくれ」

新九郎はそれには応えなかった。睨み据えて、いった。

「おれが立ち去るまでそのままでいろ。動けば剣を交えることになるぞ」

「おれの足には、根が生えちまったよ」

十四郎の面に安堵があった。

新九郎は踵を返した。大木に遮られて、たがいの姿が見えなくなるあたりにさしかかったとき、目線を走らせた。十四郎は胸の前で合掌した、変わらぬ姿で立ちつくしていた。

半刻(一時間)後、神尾十四郎は池上小弥太の屋敷にいた。

縁側に胡座をかいた池上小弥太は、隣りに腰かけた十四郎の顔をのぞきこんだ。

「ほんとうだな。結城蔵人のくらしぶりには秘密の欠片もないというのだな」

「その目つき、気にいらないねえ。疑り深いのが池上さんの玉に瑕だ」

「あ奴が病死として処理され、姿をくらましたのは何のためだ。何か理由がなきゃおかしい。そうはおもわぬか」

「おれなんか、しょっちゅう、どこか見知らぬところへ行きたいと考えている。江戸にいてもつまらぬ」

「そこだ。われら旗本から生き甲斐を奪ったのはだれだ。戦闘するための集団だった旗本は、泰平の世がつづくいまとなっては、無用の存在。上様ですら、われらを見捨てられているといっても、過言ではない」

十四郎は池上小弥太を横目で見た。怒りに拳を握りしめていた。

「おれは、その日その日を楽しく過ごせれば、それでいいのさ」

投げやりな十四郎の口調だった。池上が、苛立たしげに舌を打ち鳴らした。

「おれたちは旗本の権威を取り戻すこと、ただそれだけのために、躰を張って戦っているのだ。おまえも同志の一員。そのことは決して忘れるな」

「不平不満を上様にぶつける手立てとして押込みをつづけ、さらに大名、大身旗本偏重の人事を行う、老中首座・松平定信の息のかかった、幕閣の要人たちを暗殺することが、はたして正しいことなのか、おれは疑問におもっている」

「われらの憤懣（ふんまん）をあらわす手立てが、他にあるというのか。命を賭（と）して、旗本の権威回復の礎となる。それが三河以来の旗本の、意地というものではないか」

「酒を呑み、女を抱き、あくどい商いをする御店を強請って、小遣い稼ぎをする。おれは、それでもいいとおもっているのだ。おれたちがいくら気張っても、世の中変わるものではない。そうだろうが」

「変わる。少なくとも、小身旗本の立場は変わる。上様に、冷や飯を食わされているわれらの苦衷（くちゅう）を分かっていただくのだ。われらの暴走は、上様への、命を賭けた諫言（かんげん）なのだ。分からぬはずがない」

熱に浮かされたような、池上小弥太の口調だった。

十四郎は腰を浮かせた。

「帰る。結城蔵人に張りつかねばならぬ」

「奴には必ず何かある。粘り強くやってくれ」

池上小弥太は眼をぎらつかせた。十四郎はあいまいに微笑んで、背を向けた。

十四郎が外出したのを見とどけた蔵人は、文机（ふづくえ）に向かった。これまでの探索で知り得たことを書きだし、つながることがあるか整理していく。竹本三郎次らが暗殺を仕掛ける一団であることは、蔵人自身も目撃しており、まず間違いなかった。神尾十四郎は、池上小弥太らが送り込んだ密偵とおもえた。

池上たち破落戸旗本が出没するのは、深川、浅草、上野、下谷広小路などの盛り場や、祭礼の行われている神社などにかぎられていた。なかでも深川の悪所は、旗本たちの屋敷が本所に集中していることもあって、もっとも多く出張っているところであった。その動きは、木村たちの探索により蔵人にすべて復申されていた。それゆえ蔵人は、深川八幡の盛り場におのれの姿を曝し、池上たちが仕掛けてくるのを待ったのだ。

盗んだ金を、裏長屋の貧民たちにばらまく世直し一味は二本差の一群だ、と押し込まれた御店の主人たちが証言している。旗本か陪臣か、それとも浪人の集団なのか、いまのところはっきりしなかった。

仁七と無言の吉蔵の探索は、どこまですすんでいるのか。盗っ人稼業で培われた動物的な勘働きで、裏火盗の面々が摑み得ぬ手がかりをひろってくるに違いないと、ひそかに期待していた。

蔵人は、よく姉を訪ねてきていた綾が嫁いだ、原田伝蔵に思いを馳せた。困窮する町人たちに手をさしのべ、さまざまな慈悲を施しているという。池上小弥太たちとは、まさしく対極に位置する人物であった。

しかし、なぜか気にかかっていた。柴田らが聞きこんできた噂では、夫婦仲が悪いこと以外は、一点の曇りもないように感じられる。

蔵人は、原田伝蔵に会ってみようとおもった。遠目に窺い見るだけではない。できれば面と向かって、他愛ない世間話など、かわしてみたいと考えたのだ。

それには引き合わせる者が必要であった。原田伝蔵との仲立ちを、だれに頼むか。蔵人は思案をめぐらした。長谷川平蔵をはじ大石武太夫（おおいしぶだゆう）など、さまざまな人の名を思い浮かべた。考えるうちに、最も適した者がそばにいることに気づいた。神尾十四郎だった。

十四郎が、原田伝蔵をよく見知っているとなると、池上小弥太らも原田伝蔵を知っているということになりはしないか。いままでつながらぬとみていたものがひとつになるかもしれない、一石二鳥にも、三鳥にもなりうる可能性を秘めた人選といえた。

（もどってきたら、原田伝蔵への仲立ちのこと、持ちかけてみよう。動き出さねばならぬ頃合い……）

蔵人は、腕を組み、眼を閉じた。組み立てた思考の欠陥を見直しはじめた。

五

「そうか。腰の二刀を投げ捨てたか」

神尾十四郎らしい、と蔵人はおもった。むかしから万事に不器用だった。剣にも冴え渡った、天性の閃きというものがなかった。が、粘りと負けん気だけは、人並みはずれて持ち合わせていた。申し合いの稽古のときなど、蔵人が辟易するほどのしつこさで、納得するまで打ち込んできたものだった。こうと思い込んだら、他のことが見えなくなる性格といえた。

（迷路に入り込んだら、なまなかのことでは抜け出せまい）

蔵人はそうみていた。

多聞の診療所の一間で、向かい合って坐る安積新九郎に、戸惑いがあった。

「神尾十四郎は、そういう男だ。嘘のつけぬ、正直な面があるかとおもうと、何を考えているかわからぬ、つかみどころのない男なのだ」

　蔵人は見つめて、つづけた。

「いまは迷い道のなかにいる。どこへ進めばいいのかわからぬ。確たる目当てが、みつからぬ有様なのだ」

「葛城道斎先生とともに江戸へ出てきて、栄達のための資金を捻出すべく、押込みなどの悪事に手を染めていたときのわたしが、そうでした。これでいいのか、このままでいいのかと、日々悩みながらも、何も見いだせない。ずるずると時だけが流れていく。これでいいのか。このままでいいのか。反復するおもいだけが、澱となってこころに沈殿していく」

　新九郎はそこでことばを切って、軽く息を吐いた。こみ上げてきた、むかしの、自問自答しつづけた苦悩の日々の残滓を、すべて吐き捨てようと、無意識に為した所作であった。

「神尾殿の懊悩が、わたしにはわずかながらつたわりました。警戒すべきだが、戦うべき相手ではない。そう判断して剣を鞘におさめました」

「それでよかったのだ。迷いはいつか覚めると、人はよくいう。が、おれは、そうはおもわぬ。迷いに迷って、迷いぬいたまま死んでいく者が、ほとんどなのだ。なかには、おのれが迷っていることさえ気づかぬまま、命果てる者もいる」

「わたしが、神尾殿のこころのうちをのぞき見れたのは、葛城先生門下のころの苦渋の日々があったからです。が、木村さんたちにその心根が、はたしてわかり得るでしょうか」

意外なことばだった。十四郎の身を案じているのは明らかだった。

蔵人は正面から見据えた。見返す新九郎の眼に強い光があった。

塒へ帰るのか、飛び立つ鳥たちの羽音が重なりあって響いた。戸障子を、夕陽が紅く染めている。

「もう少し、時間がかかる」

蔵人がつぶやくようにいった。

「神尾殿もいっていました。旗本同士を争わせたくない。仲立ちをしたい。いま少し時間をくれ、と」

蔵人は静かに眼を閉じた。

しばしの沈黙があった。

蔵人は、うむ、とうなずいた。眼を見開いて、告げた。

「神尾のこと、すべておれが処置する。そのこと、かさねて皆にもつたえてくれ」

神尾十四郎がもどってきたのは、暮六つ半（午後七時）すこし過ぎであった。

蔵人は書見をしていた。台所からつづく板の間に、夕餉の膳が置かれてあるはずだった。出入口の戸障子が開くなり、野太い声が上がった。

「ありがたい。夕飯を食い損ねたかとおもった」

ただいま帰りました、との挨拶もない。いかにも十四郎らしいと蔵人はおもった。気配で、食事をしている様子がつたわってくる。よほど腹を空かしていたのか、箸が止まることはなかった。

食い終わったのか土間に降りて、食器を洗っている音が聞こえた。

この間、蔵人が声をかけることはなかった。すべて十四郎の気儘にまかせる、と決めていたからだった。

「蔵人さん、いるかい」

襖の向こうから声がかかった。

「何だ」

ぶっきらぼうな口調だった。

「相変わらず愛想なしだな」

入るよ、ともいわずに襖を開けた十四郎は、斜向かいにどっかりと腰を下ろした。

「久しぶりに旗本仲間と会ってきたよ」

蔵人に応えはなかった。書物を読みすすんでいた。

話の接ぎ穂を失ったのか十四郎は頭を掻き、ごろりと横になった。肘枕をして眼を閉じる。

書物を閉じる音がした。

「十四郎」

蔵人の呼びかけに、半身を起こして振り向いた。

「原田伝蔵と面識があるか」

「ないこともないが」

「原田殿と世間話などしたいとおもうてな。引き合わせてくれぬか」

「何で会いたいんだ」

探るような眼で蔵人を見つめた。

「原田殿の妻女の綾どのは、おれの姉のところへよく遊びに来ていたお人でな。夫婦仲がうまくいっていないとの噂を聞き、気にかかっているのだ。力になれることもあろうかとおもうてな」

十四郎は黙り込んだ。

「どうだ。仲立ちしてくれぬか」

十四郎が顔を上げた。困惑しきった顔付きだった。

「そいつは勘弁してもらえねえかな。他の奴ならともかく、原田さんだけはいけねえ」

「なぜだ」

「原田さんが、蔵人さんのことを嫌ってるからさ」

「嫌っている？　一度も会ったことがない相手だぞ」

「綾さんが原田さんに嫁入りしたのは、蔵人さんが病で急死したとの噂がたって、すぐのことだぜ」

「そのことと、原田殿がおれを嫌っていることと、どう関わりがある」

「鈍い人だね。惚(ほ)れて惚れぬいていた原田さんが、何度も妻にと申し入れていたのに、ずっとことわりつづけた綾さんが、なんで原田さんに嫁ぐ気になったか、考えればわかるだろうに」

「いや、わからぬ」

「朴念仁(ぼくねんじん)を絵に描いたような人だな。綾さんは、蔵人さんに惚れていたのさ」

蔵人は黙り込んだ。まったく身におぼえのないことだった。綾は姉のところに遊びに来ていたのだ。おれとは無縁の話だと、あらためておもった。

「綾さんの草履の鼻緒を、すげ替えてやったことはなかったかい。男ものの使い古した手拭いでさ」

思いあたらぬことではなかった。遊びに来た綾が、帰り際に草履の鼻緒を切った。たまたまそばに居あわせた蔵人が、懐に入れていた手拭いを裂いて、鼻緒をつけてやったことがあった。一度だけの、綾との触れ合いでもあった。綾はか細い声で、

「造作をかけます」

といって顔を俯かせた。鼻緒をすげ終えた後、

「きつくないか、履いてごらんなさい」

と、草履を置いて見上げた蔵人と目線があったとき、たしかに綾は顔を赤らめた。が、若い女によくある恥じらいとしか、感じられなかった。ただそれだけのことであった。

「切れた鼻緒をすげ替えてやって、なぜ悪い」

「池上さんから聞いた話だが、ある夜、泥酔して大荒れに荒れた原田さんが、突

然やって来て、飲み明かしたそうな。そんな原田さんを見たのは初めてなんで、池上さんはおおいに焦ったらしい」

ついには原田は酔いつぶれたという。呂律(ろれつ)の回らなくなった口で、原田は何度もつぶやいた。

「綾の嫁入り道具の奥深くに、使いこまれた草履が隠されていた。すげ替えたのか、男物の手拭いが鼻緒につけてある。綾は思い出の品だという」

詰問同様の押し問答の末、原田は、綾から事の次第を聞き出していた。

「急死した結城蔵人さまにつけていただいたもの。わたしはあの方を慕っておりました。この品を捨てるわけにはいきませぬ。死んでも捨てませぬ」

頑強にいいつのった。

ついには、

「結城さまが急死されなかったら、わたしはあなたには嫁ぎませぬ。すべて行き遅れたわたしを案じて、親たちがすすめたこと、結城さま亡き後、だれに嫁いでも同じ。そう覚悟を決めてのことでございました」

とまでいいはなったそうな。

「原田は、あの夜から変わった。表向きは、いままでと変わらぬ様子をみせているが、どこか捨て鉢なものが、見受けられるようになった。悪所にも、ひそかに出入りし始めた。人目を避けて、というのが、原田らしいところだがな」

そういって池上小弥太は、皮肉な笑みを浮かべたものだった。

蔵人は黙って十四郎の話に聞き入っていた。困惑しきっていた。綾のこころに気づいてもいなかった。姉は気づいていたかもしれない。しかし、蔵人にそのことを告げることもなく、大石半太夫のもとへ嫁いでいった。

綾とは姉が嫁いだ後、一度も顔をあわせていない。そういえば数年前、

「嫁をとる気はありませぬか。よい相手がいるのですが」

と、姉がいったことがあった。

「まだまだその気はありませぬ」

と断ったが、あのときのよい相手というのが、綾だったのではあるまいか……。

考えても詮(せん)ないことであった。蔵人にとって、綾は無縁の者でしかなかった。

(綾どののこころなど、おれが知るはずもない。親しく触れ合おうともおもわぬ相手のことなど、知ろうともおもわぬのが、ふつうではないのか)

冷たい男とおもわれるかもしれない。が、蔵人にとって、綾を挟んでの原田伝

蔵との諍いは、

（迷惑千万なこと）

といわざるをえなかった。

原田伝蔵が、万が一、蔵人と綾の間を疑っているとすれば、誤解は解かねばならない。綾もまた、嫁いだ以上、夫を慈しみ、原田の家を守って、努めるべきではないのか。

蔵人は腹を定めた。

「原田殿と会う。是非にも会わねばならぬ。会って忌憚なく話をしてみたい。十四郎、仲立ちをしたくないのなら、それでもいい。別の手立てを探る」

十四郎の面が歪んだ。

「どうする」

十四郎がせわしなく鼻をこすった。ふうっと強く息を吐き出した。

「しょうがねえな。おれがそばにいれば、斬り合いになるのだけは避けられるかもしれねえ。他の奴に、仲立ちを任せるわけにはいかねえよな」

「できるだけ早く、頼む」

十四郎は、上目遣いにちらりと蔵人を見、気乗りしない顔付きでうなずいた。

原田伝蔵が志を同じくする旗本仲間と開いた、裏長屋に住む貧民の子供たちに、無償で読み書きを教える寺子屋は、江戸府内ですでに八ヶ所にも及んでいた。それらの寺子屋を見廻り、運営に支障がないかをあらためるのが、原田の日課となっていた。

寺子屋は、病人たちを抱える貧乏人の、駆け込み場所ともなっていた。読み書きの指導にあたっていない、手が空いている旗本たちは、寝たきりの病人や急病の者を荷車に乗せ、小石川療養所へ運ぶ役割も担っていた。雨漏りの修理などにも気やすく出かける。まさしく原田伝蔵と仲間の数十人の旗本は、江戸の貧しい人々にとって、世直し大明神といってもよい存在でもあった。

原田伝蔵は下谷広小路近くの、大門町の裏通りに面した、寺子屋を訪れていた。この寺子屋もまた、原田たちの意気に感じた持ち主から、無償で借りうけた町家であった。寺子屋は子供たちで溢れていた。この日は急病人が担ぎ込まれることもなかった。子供たちが帰り支度をはじめたとき、何の前触れもなくやって来た着流しの旗本がいた。月代をのばした、浪人と見紛う風体の男は、神尾十四郎であった。応待に出た者に告げた。

「原田さんがここにいると聞いてきた。取り次いでくれ」

現れた原田伝蔵にいった。

「結城蔵人殿が会いたい、といっている。時間と場所は、原田さんの都合にあわせるそうだ」

原田伝蔵の眼が細められ、凄まじい怒気と殺気が漲った。

「明日。場所は法恩寺総門脇の境内、時は」

「そいつは、まずい。喧嘩を売っているようなものだ」

法恩寺は、竹本三郎次が蔵人に斬られたところであった。話し合うにふさわしい場所とはおもえなかった。

「時間と場所はおれにまかせる。そうではなかったのか」

声音に剣呑な響きがあった。十四郎は黙り込んだ。

(こいつは命のやり取りになりかねない。どうしたものか)

舌打ちをしたい気分であった。仲立ちなどするべきではなかった、とのおもいが強い。

「明日。夕七つ半、法恩寺総門脇の境内で待つ。結城蔵人に間違いなくつたえろ」

否（いな）やをいわせぬ厳しい口調だった。十四郎は無言で首肯した。

第三章　纏綿

一

綾は起きあがり、乱れた裾をなおした。髪のほつれをととのえる。はだけた胸元をかきあわせた。帯を締め直さなければならないほど着崩れていた。

このところいつもこうだった。原田伝蔵は帰宅し着替えにかかるなり、着物を畳んでいる綾を押し倒しては、躰を奪う。今夜は着物の裾を腰までめくりあげ、あらがう腕をねじ上げて、背後から事に及んできた。畳に顔を押しつけられながら、声を出すまいと歯を食いしばって耐えるのだが、このごろは躰が愛撫に応えて、いつのまにか腰を振りたくっている。肉の歓びに身悶えているのだ、とさとったとき、綾はおのれを侮蔑し、呪った。

綾は原田を嫌っていた。

（この人は、わたしを生身の人間だとはおもっていないのだ。外見で自分が勝手に描きあげた偶像を、わたしだと勘違いし、それを押しつけようとしているにすぎない。わたしは、人形ではない）

そのおもいは、日増しに強くなっていた。そのぶん、蔵人へ対する思慕の念は強まっている。蔵人の姉・雅世のもとへ遊びにゆく風をよそおって、毎日のように結城家へ出向いた日々をおもい浮かべた。

剣の錬磨に励む蔵人の姿。座敷で書見する姿。ときには読みかけの本を顔に載(の)せたまま大の字になって昼寝している姿。時おり見せる笑顔の屈託のなさ、爽(さわ)やかさが、目の前にあるがごとくに甦ってくる。

ひとりでいるときなど、蔵人のさまざまなおもいでに浸りながら、おもわず笑みを浮かべている自分に気づいて、愕然(がくぜん)とすることがしばしばあった。

（わたしは結城蔵人さまを、心底から好いていたのだ）

その人は、病で急死した。絶望の淵にあった綾は、親たちにすすめられるまま、

「妻に娶(めと)りたい」

と、何度断られても、諦(あきら)めることなく申し入れてきた、原田伝蔵に嫁いだ。

が、原田伝蔵の対応は、おどおどと他人行儀で、わずかの綾の感情の変化にも

慌てふためき、しつこくその理由をたずねた。綾にしてみれば、たんなるきまぐれにすぎない。夫があまりに過剰に反応するので、悪戯心で不機嫌な風を装ったこともある。

が、そのひとつひとつを深刻なこととうけとめ、悩んでは、原因を突きつめようとする夫に、次第にうとましいものを感じはじめた。

そうなると夫のなす事すべてが、気になりだした。触れられただけでも、怖じ気をふるうほどになっていた。無理矢理夫に男と女の関係を強いられ、あらがえぬまま躰を奪われたときには、蔵人の名を胸中で呼びつづけながら耐えた。毎日のように繰り返されていることであった。

いまでは肉の関わりを、

「お務め」

と思いさだめ、夫の欲するがままに、躰を与えている。

そんな綾に、予想だにしない知らせがもたらされた。一月ほど前のことだった。

夫が、

「結城蔵人が生きているとの噂がある。姿を見たという者もいる」

と告げたのだ。綾を恨めしげに睨め付け、

「会いたかろう。会いたかろう。会いたいといえ」

　喉にからみつく声を発しながら挑みかかり、全裸に剝いて、一刻（二時間）以上に亘って嬲りつづけた。

　乳房を揉みしだき、肌を這い回りつづけた指の感触。深々と手首近くまで突き入れられた、秘部も裂けんばかりの衝撃。それらのひとつひとつが、夫への憎悪となって積み重なっている。

　綾は、翌日、行動を起こした。いまは大石半太夫の妻となっている雅世を訪ね、蔵人生存の噂の真偽をたしかめた。

　雅世は、

「弟は急な病にてすでに死んでおります。だれがそのような作り話を。たんなる噂でございましょう」

　と一笑に付したものだった。

　綾は立ち上がって帯を解いた。襟をあわせ、小袖を着直しながら、蔵人にかかわるさまざまなことをおもいおこしていた。そんな綾の思考を、原田伝蔵のつぶやきが断ち切った。

「浅草新鳥越町二丁目にある貞岸寺。境内裏に離れ屋がある。出向けば、おもしろいことに出くわすかもしれぬ」

聞き漏らしても、おかしくない一言だった。衣擦れの音だけしか響かぬ静けさが、聞かせたことばといえた。

綾は夫の怨みがましい音骨に秘められたものを、感じとっていた。

「まさか……」

呻いて振り返った眼前に、夫の薄ら笑いを浮かべた顔があった。皮肉さと憎悪に満ちた、妄執に取り憑かれた鬼の形相であった。

鬼が、眼だけぎらつかせていった。

「会いたいか。早く会え。おれが、この手で、今一度、あの世に送りこんでやる前にな」

含み笑いをする原田伝蔵を見据えながら、綾は、心中で叫びつづけていた。

(夫を、原田伝蔵を蔵人さまが倒してくれる。わたしを、この生き地獄からかならず救い出してくれる)

綾は脳裡に、血飛沫をあげて崩れ落ちる、夫の姿を思い描いていた。

翌日、結城蔵人と神尾十四郎は、法恩寺総門脇の境内にいた。ほどなく夕七つ半（午後五時）になる。

「実をいうと、おれは原田さんには来てほしくないのさ」

浮かぬ顔付きで、十四郎がつぶやいた。

「なぜだ」

十四郎が上目遣いに蔵人を振り返った。

「よくそんな平気な顔をしていられるな。法恩寺総門脇のこの場所が、どんな意味を持つところか、張本人のあんたが、一番よくわかっているんじゃねえのか」

蔵人は黙った。たしかにそのとおりだった。原田伝蔵が待ち合わせ場所として法恩寺総門脇を指定した、と告げられたとき、すでに、

（命のやりとりになるかもしれぬ）

と覚悟を固めていた。

辻斬りを装って、公儀の重職にある者たちの暗殺をつづける、池上小弥太の一味と原田伝蔵がつながりがあるとわかった以上、

「いずれは黒白をつけねばならぬ相手」

と決めていた。

（その時が早いか遅いか、ただそれだけのことにすぎぬ）

蔵人に迷いはなかった。蔵人は、原田たちだけで突っ走ったこととはおもっていなかった。傍目には探索の手をこまねいているかに見える平蔵も、蔵人と同じ考えであった。

「蜥蜴の尻尾切りになってはならぬ。背後に必ず一味を煽動し、操る幕閣の大物がいるはずじゃ。その実体を見極めるまで、泳がせるしかあるまい。暗殺や押込みを未然に防ぐ手立てが見つかればよいのだが……」

隅田川へ漕ぎ出た屋根船での会合のおり、眉を曇らせながら吐きすてた、平蔵のことばが耳に浮かび上がってくる。

背後に潜む者の影を探る。それが原田伝蔵との会合の目的のひとつでもあった。

「来た」

十四郎の声に、蔵人は通りに視線を向けた。巨軀を揺らして、原田伝蔵がゆっくりと歩み寄ってくる。

蔵人と数尺の距離に達したとき、原田伝蔵は足を止めた。抜き打ちを仕掛けても、届かぬ間合いの位置とみてとれた。

「結城蔵人殿か。いつ墓より出てこられた」

皮肉な物言いだった。

蔵人は黙っている。表情に何の変化もみられなかった。

「そこにいる神尾殿より、貴殿からの伝言を受けてまいった。愚妻がことばに尽くせぬほどの世話を受けていた由、礼を申す」

その眼に嫉妬(しっと)の炎が燃えたっていた。蔵人は、やんわりと受け止めた。

「姉のところによく遊びに来られた。ただそれだけのこと」

「草履の鼻緒をすげかえてやるほどの、親しい仲ではなかったのか」

原田伝蔵が身構えた。いつでも抜刀できるかたちとみえた。

「拙宅の玄関にて鼻緒を切り、途方に暮れておられた。知りあいなら、当然のことをしたまで」

「口では何とでもいえる」

刀の鯉口を切った。

「原田さん、そいつはいけねえ。おれは、話し合いの仲立ちをしただけだぜ」

十四郎が間に割って入った。

蔵人は微動だにせず、成り行きを見守っている。

「どけ」

低いが、有無をいわせぬ威圧がことばにあった。

「どかねえよ。どうして斬り合わなきゃならねえんだ。三河以来の旗本同士じゃねえか。仲良くしてくれよ」

「そ奴は竹本三郎次を斬った」

十四郎が呻いて、口を噤んだ。

「たしかにここでひとりの武士を斬った。辻斬りの場に行き合わせたおれは、辻斬りのひとりを追って、ここまで来た。待ち伏せていたそ奴と刃（やいば）を交え、倒した」

蔵人はまっすぐに見据えた。

「原田殿は、その辻斬りの片割れを、竹本三郎次殿といわれるのか」

鋭い声音だった。

原田伝蔵は、虚をつかれたのかわずかに呻いた。唇を嚙みしめる。

蔵人はつづけた。

「後日、法恩寺総門脇、すなわち、このあたりで直参旗本・竹本三郎次殿が何者かに斬殺されたとの風聞を聞いた。おれが斬った辻斬りが、竹本三郎次殿だとすれば、竹本の家禄は危うくなるのではないのか」

詭弁（きべん）であることとは、百も承知だった。蔵人は竹本三郎次との勝負のあと、いったん貞岸寺裏の住まいへもどった。返り血を浴びた小袖を着替え、ひとときの休息をとることもなく、竹本家の俸禄を安堵すべく、火盗改メの役宅へ足を向けたのだった。相田倫太郎を叩き起こして事の次第を告げ、

「あくまで私闘につき、穏便なる処置をよしなに」

そう平蔵につたえるよう、相田倫太郎にたのんだ。事の仔細をのみこんだ長谷川平蔵は、

「竹本三郎次、辻斬りと斬り合い、力及ばず斬り死にいたした」

と、公儀に届け出たのだった。

なぜ竹本三郎次の骸を、火盗改メの同心・相田倫太郎が見いだし、辻斬りの仕業として処理されたか。原田伝蔵たちは、蔵人がからんだ蔭の事情はしらない。竹本家の俸禄が安堵された幸運を喜びあい、事の真相の隠匿を誓いあっただけであった。

「原田殿、いかがか。果たし合ったあげく、どちらが倒れたとしても、黄昏の、いまだ人通りの絶えぬ頃合いのこと。事が表沙汰になるは必定。われらだけの調べにとどまらず、竹本三郎次殿の死にも不審のかどあり、再度の探索の要ありと、藪をつついて蛇を出すの仕儀にもなりかねぬ。事の顚末をあからさまにする危険

をおかし、この場で斬り合うもよし。戦うことなく、たがいに腹を割った話し合いの場を持つもよし。ここが思案のしどころであろう」

原田伝蔵はことばを発しなかった。紅潮しきった顔面を怒張させ、肩を怒らせて睨み据えている。そのとおりだった。蔵人が屠られても、原田伝蔵が斬り伏せられても、若年寄の探索の手が及ぶことは間違いなかった。

原田伝蔵と池上小弥太一味がひそかに為していることは、断罪に値する。そのことは百も承知であった。老中首座・松平定信を失脚させ、榊原摂津守の政見に賛同する大名を、老中に押し込むとの目的も果たせぬ、半端な仕儀で終わるわけにはいかなかった。旗本の勢威を開府のころに戻す。そのためには、どれほどのものであろうと、私怨はおさえるべきであった。

原田伝蔵の頭のなかで、さまざまな思考が渦巻き、混濁していた。

「ご妻女のことで、一言だけ申し上げておく。拙者とは、何のかかわりもないこと。思慕の念を抱いたこともない。無縁の衆生にすぎぬ相手」

原田伝蔵の面が醜く歪んだ。

「聞く耳もたぬ」

吠えるや大刀を抜き放った。蔵人は胴田貫の鯉口を切って身構えた。十四郎は一歩後退って刀を抜いた。

が、原田伝蔵のとった動きは意外なものだった。宙に飛ぶや刀を一閃し、境内へ伸びた老木の枝を、物の見事に切り落としていた。よほどの使い手でないかぎり果たし得ぬ、躊躇のない、鮮やかな切り口であった。枝が音をたてて地に落ちたとき、原田伝蔵はすでに大刀を鞘におさめ、踵を返していた。歩き去る後ろ姿に一分の隙もなかった。

（斬り合ったら、よくて相討ち……）

蔵人は身じろぎもせず、立ち尽くしていた。

二

翌朝、蔵人は雪絵を走らせ、向後は張り込む相手を原田伝蔵に絞りこむように、と木村らにつたえた。池上小弥太よりも、背後に潜んで謀計をめぐらす幕閣の要人に近い者、と判断した結果のことであった。

新九郎から報告を受けた日の翌日、木村から、池上小弥太の屋敷に十四郎が訪れ、一刻（二時間）ほど居続けた、との復申がもたらされていた。池上小弥太とのかかわりがはっきりし、さらに原田伝蔵ともつながりがあることが判明したいま、十四郎は獅子身中の虫になりかねぬ存在といえた。

が、蔵人は動かない。相変わらず十四郎の気儘にまかせていた。敵意をあからさまにした原田伝蔵との間に立ち、命をかけて争いを止めようとした姿が、脳裡に焼きついている。

「三河以来の旗本同士じゃねえか。仲良くしてくれよ」

と叫んだことばには、偽らざるおもいが籠められていた。

蔵人は、十四郎に意見はすまい、と決めていた。

さまざまな事件の探索にあたるうち、いつしか蔵人のなかに、ひとつの信念に似たものが形作られていた。

(日々の努力によって、おのれを変えることはできる。が、他人は変えられぬ。行く末を案じてやること。おれには、ただそれだけのことしかできぬ)

蔵人がやっていることは、悪人たちの命を奪い、我欲の根を断っているにすぎない。罪科のない、かかわりのない人々を巻きこみ、理不尽を仕掛ける者たちを処刑する以外に、悪を退治する手立てはないのか。蔵人は何度も考えた。話し合いを重ねて、相手に非を認めさせ、改心させる。が、おのれの欲を満たすことこそすべて、と考える者たちの生き方を変える力が、おのれにあるとはおもえなかった。

(何が善か何が悪か。人並みはずれた我欲の持ち主のなかには、その見極めのつかぬ者が、たしかに存在するのだ)

蔵人はさらに思考を押しすすめた。

「おれはいま悪事を行っているのだ」

との自覚をもって、悪事を為しているものは、善に戻り得る。なぜなら善、悪の区別が、おのれのなかでついているからだ。

盗っ人の世界に、どっぷり浸っていたにもかかわらず、いまでは改心して長谷川平蔵の密偵となり、さらに蔵人の手足として働いている仁七は、おのれが悪を為していることを、百も承知していた男であった。

無言（しじま）の吉蔵もまた、仁七同様、事の善悪の区別のつく男とおもえた。

(ふたりの探索、どのような有様であろうか)

蔵人は仁七たちにおもいを馳せた。

無言の吉蔵と仁七はすでに大きな手がかりを摑んでいた。

世直しに押し込まれた五軒の大店の近くに、原田伝蔵の主宰する寺子屋があったのだ。残る三軒の寺子屋の近くにも大店が点在していた。

押し込まれた大店に共通点があった。いずれも松平定信が老中首座に就任してから公儀御用達となった店であった。

「世直し一味は、失脚した田沼意次さまにゆかりがある者かもしれないね」

船宿水月の座敷で、吉蔵がぽつりとつぶやいた。

あり得る話だった。仁七は黙って、つづくことばを待った。吉蔵は夕餉の膳に並べられた塩焼きの鯵の身をほぐし、口に運んだ。茶碗を手にとり、ご飯を頬張る。ゆっくりと嚙んだ。仁七も蜆の味噌汁に手を伸ばし、吸った。蜆の出汁が味噌とからみあい、ほどよい風味を醸し出している。

「明後日からは、夜に張り込むことにしよう」

吉蔵が、いった。

「明後日？」

「明日、残る三ヶ所の寺子屋の近くに、公儀御用達の店があるかどうか、手分けして調べようじゃないか。あれば、そのうちの一ヶ所を張り込む。残る二ヶ所で押込みがあれば、仕方がないと諦める。そういうことにしよう」

「わかりやした」

仁七には、他の手立ては浮かばなかった。疑問点はひとつひとつ潰していく。吉蔵のやり方はそうであった。

（時間はかかるが、結局のところは早道かもしれねえ）

最初はまどろっこしいおもいにとらわれたものだった。が、いまでは、

「見習うべきこと」

と、仁七は肝に銘じていた。


翌夕、再び水月の座敷で、吉蔵と仁七は調べあげてきた事柄を、報告し合っていた。

三ヶ所とも、公儀御用達の大店が存在した。

「どうやら世直し一味と原田伝蔵さまは、深いかかわりがあるようだね」

「狙いは老中松平定信さまの失脚ですかね」

「そうだろう。田沼さまと松平さま、どちらの政がいいのかねえ」

吉蔵は口を噤んだ。仁七にも、その点はよくわからなかった。金さえあれば何をやってもいい、といった風潮にあった田沼時代よりも、いまの方が多少はいいい

かもしれない。が、あまりに行き過ぎた質素倹約の政策が、町々から活気を奪っているのも事実だった。無宿人たちによる打毀（うちこわし）、百姓一揆なども相変わらずあちこちで起こっていた。

「どちらにしても、おれたち町人にはどうにもならぬことさ。御上のなすがままに、右だ左だと踊らされているだけの、身分だからね」

自嘲気味の物言いであった。仁七も同じおもいでいる。

（どう足掻（あが）いても変わり様のない世の中。そのなかでどう生きていくか）

おのれのこころに問いかけていた。

翌夜の、日本橋の呉服問屋越後屋の張込みは空振りに終わった。仁七は大戸を下ろした表を、吉蔵は裏口を見張ることができる隣家の屋根上に身を潜め、空が白々と明けそめるころまで見張ったが、何の異変も見いだせなかった。

夜を徹しての張込みののち、仁七と吉蔵は水月の座敷にいた。朝餉を食している。

「しばらくは、夜と昼が逆になる暮らしになるね」

沢庵を音をたてて齧（かじ）る。吉蔵の歯は、年の割には丈夫なようだった。仁七もつられて沢庵を食べた。

「いい音だ。仁七さんの歯は、やっぱりおれのより、達者なんだね。年には勝てねえ」

　吉蔵は拳で軽く肩を叩いた。仁七は、いままで吉蔵の年齢を知らなかったことに気づいた。

「おいくつになられたんで」

「六十までは数えていたが、自分で自分の老いを確かめている気がしてね。それからは、年を忘れることにしたのさ。もう数年にもなるかね」

　ということは六十半ばは過ぎていることになる。仁七はあらためて吉蔵の顔を見つめた。眼に気力が漲っている。

「もう少しお若いかとおもっておりやした」

　正直な仁七の物言いだった。吉蔵は笑みを浮かべた。

「躰は正直さ。暮らしぶりを変えると、やたら疲れる」

　そういって欠伸をした。大きく両手をあげ、背を伸ばす。首をまわして、再び拳で肩を叩いた。

「一寝入りしようかね。今夜は蔵前に張り込もう。公儀御用達の札差［朋米屋］

の蔵宿がある」

「浅草広小路近くの田原町二丁目には、原田伝蔵さま主宰の寺子屋もありやすからね。朋米屋も松平定信さまが老中首座になられてから、公儀御用達となった店。狙い目かもしれません」

うなずいた吉蔵は、こんどは喉の奥まで覗けるほどの大欠伸をした。

町はすっかり寝静まっている。真夜中九つ（午前〇時）を告げる時の鐘が鳴って、小半刻（三十分）はとうに過ぎ去っていた。仁七と吉蔵は、屋根の上を身軽に走っていた。

札差朋米屋に押し込んだ盗っ人一味のうち数人は、三方へ散っていった。腰に人の拳ほどの大きさの、布袋を下げている。

「おそらく裏長屋の連中に、金を恵みにゆくんだろう。義賊を気取りやがって、何が世直しだ」

屋根上に身を潜めた吉蔵が、傍らの仁七を見返ることなく吐きすてた。眼は世直し一味に据えられている。

「尾けますか」

「やめとこう。本隊がどこへ戻るか突きとめる。それが張込みの目的さ」

「世直しの隠れ家さえわかれば、あとはどうにでも料理ができる。そういうことですかい」

「そうよ。無駄な動きはしない。それもおれの信条さ」

ちらりと仁七に眼を走らせた。

「通りにおりるよ。ここらで土の上の尾行に、切り替えたほうがよさそうだ」

仁七は無言で首肯した。

布袋を担いだ世直し一味は、悠然と歩き去っていく。まもなく隅田川に架かる大川橋であった。

橋を渡る前に一味は黒覆面を脱ぎ、面をさらした。全員が月代をととのえ、本多に髷を結い上げている。主持ちの侍か旗本とおもわれた。布袋は風呂敷に包みこんでいる。夜遊びに出かけた武士たちが、土産片手に帰邸している様子にみえた。建物の蔭に身を隠しながら、仁七と吉蔵の尾行はつづいていた。

仁七と吉蔵は、とある武家屋敷の表門を窺う塀脇にいた。武士たちは表門脇の潜りから次々と入っていく。その屋敷が、世直し一味の本拠であることは明らかだった。

「ここらは本所の横川町あたりだね」

「北割下水の近くで」

　仁七が応じた。

「場所からいって、世直し一味が入っていったのは、旗本屋敷ということになるね」

「どなたの屋敷か調べてみやしょう。くわしい切絵図が、店にありやす。あたりはつくはずで」

「引きあげるかね。世直し一味の盗っ人宿を突きとめたんだ。一寝入りして祝い酒を酌みかわしながら、とっちめる手立てを練り上げよう」

「わかりやした」

　吉蔵が踵を返した。身軽な動きで仁七がつづいた。


　空は、漆黒（しっこく）から薄墨を流した払暁（ふつぎょう）の色に変わりつつあった。町々はいまだに寝静まっている。が、船宿水月の裏口から、物音ひとつたてることなく抜け出た黒い影があった。黒い影は、立ち止まり、周囲の様子を窺っている。かすかに浮かび上がった面は、仁七のものであった。何の気配もないとみてとったか、仁七は脱兎のごとく走りだした。

貞岸寺の裏庭では結城蔵人が、日々の胴田貫の打ち振りに励んでいた。

林に近寄る人の気配があった。蔵人は動きを止め、気を凝らした。足音を消した歩き方だった。

「仁七か」

老木の蔭から、仁七が顔をのぞかせた。目線で、蔵人の住まいを指ししめす。神尾十四郎を気にしてのことだった。

「何も隠す必要はない」

仁七の顔に訝しげなものが浮かんだ。

「気にすることはないのだ。ありのままの姿を見せる。どう動くかは相手次第だ」

聞き耳を立てているかもしれぬ十四郎に、聞かせることばでもあった。

「それではお耳を」

仁七が近づき、顔を寄せた。

「世直し一味の盗っ人宿がわかりやした」

「どこだ」

「旗本・池上小弥太さまのお屋敷で」

「……そうか」

予期していたことではあった。が、あらためて聞かされると、何やら重いものがずしりとこころにのしかかった。

蔵人は視線を仁七の背後に注いだ。

「さすがだ」

「何が、ですかい」

ことばの意味を解しかねて、仁七が蔵人を見やった。

蔵人の面に微笑みが浮かんでいた。

「まだ気づかぬか」

「まさか」

振り返ろうとした仁七を蔵人が目で制した。一歩前に出て、胴田貫を八双に構えた。

「檜(ひのき)の大木の蔭にいるお方、姿を見せられい。逃がしはせぬ」

さらに一歩歩み寄った。

木蔭からゆっくりと男が現れた。群青の小袖を尻っ端折りした、白髪頭のその男は、吉蔵に違いなかった。無言の吉蔵、忍んでいて、気配をさとられたのは、はじめてでございます」

「恐れ入りやした。大きく張った木の根の傍らに土下座して、いった。

「雁金の仁七に尾行を気づかれなかったとは、吉蔵さんの業、まさに天下一品」

吉蔵が蔵人を見上げた。

「はじめてお会いしたときから、只のお人じゃあるまいとおもっておりやした。今朝、あらためておもいしらされやした」

仁七に視線をうつして、つづけた。

「あんたに隠し事があることは、察しておりましたよ。途中から正体を見極めたくなってね。泳いでもらった」

「無言の、すまねえ。騙すつもりはなかったんだ」

仁七が頭を下げた。

「おれが、何をやっているか、知りたくはないのか」

蔵人の問いかけに、吉蔵が微かに笑みを浮かべた。

「御上にかかわる探索のお務め。それも裏の、と推察しておりやす」

「われらがこと、他言無用にいたせ。引きあげてよいぞ」

「無言の吉蔵、このまま引きあげるわけにゃいきません」

蔵人は黙って、見据えた。吉蔵も、見返す。強い、凄まじいばかりの気迫が、眼のなかにあった。

烈々たる気配を感じとって、仁七が息を呑んだ。このままで済むとはおもえなかった。

緊迫が一郭(いっかく)を支配していた。

蔵人が静かに胴田貫を鞘におさめた。鍔(つば)鳴りの音が低く響いた。

無言の吉蔵が、両手を地面に突いた。

「お願(ねが)えがありやす。お仲間に入れておくんなせえ。無言の吉蔵、結城さんに、惚れやした。残り少ねえ命だが、この命、預かっていただきてえ。このとおりだ」

地面に額を擦りつけた。

「無言の」

身を翻(ひるがえ)した仁七が、吉蔵の傍らに土下座していった。

「蔵人の旦那。あっしからもお願いいたしやす。無言のお頭の願い、聞き届けておくんなせえ」

歩み寄った蔵人が、吉蔵の前で片膝をついた。手をとって、いった。

「むしろおれから頼みたかったことだ。存分に働いてくれ」

「結城さん」

吉蔵が蔵人の手を握りしめた。蔵人が仁七の手をとって重ねあわせた。

「頼りにしてるぞ」

「蔵人の旦那」

「結城さん」

握りあわされた手に、力が籠められた。姿をみせはじめた旭日が、蔵人たちを淡く浮かびあがらせている。

三

神尾十四郎は首をひねった。結城蔵人は、一度も後ろを振り返ることなく歩いて行く。行く先を定めた歩き方とおもわれた。いままでの蔵人にはなかった動きだった。

明け方、蔵人の胴田貫の風切音が途絶えた。戸障子を細めに開けて様子を窺ったが、木々に隠れて蔵人の姿はみえなかった。しばらくして、立ち去る男と白髪頭の老人の後ろ姿が雑木林の間から見えた。まもなく蔵人は、胴田貫を打ち振る鍛錬にもどった。

雪絵の用意してくれた朝餉をすませた蔵人は、昼餉のとき以外は、書見をして過ごした。十四郎は昼寝をしたり、庭へ出て大刀を打ち振ったり、いつもどおり、その時々の気分にまかせての一日を過ごした。

夕五つ半（午後五時）ごろ、蔵人は衣服を着替えた。

「出かける」

と一言だけいい、土間に降り立った。見送ったふりを装った十四郎は、少し間をおいて、急ぎ後を追った。

蔵人は、待乳山聖天社（まつちやましょうでんしゃ）の甍（いらか）を左手にのぞみながら歩みをすすめ、六軒町と聖天町の境となる三叉路を右へ折れた。御蔵前を抜けて神田川へ出、浅草御門の手前を右へ曲がった。

平右衛門町へ出た蔵人は、瀟洒（しょうしゃ）な構えの店へ入っていった。

神尾十四郎は店の前に立った。［船宿　水月］との軒行燈がかかげられている。

水月という名に覚えがあった。重箱に詰めた料理を手みやげに訪ねてきた、仁七という男のことをおもいだした。

不意に脳裡に浮かびあがった幻像があった。霞がかかって、ぼんやりとしていたものが、次第に形づくられていった。明け方、蔵人と何やら密談を交わしていたとおもわれる、ふたりの後ろ姿となった。ひとりは白髪頭だった。もう一人の男に何やら見覚えがある気がしたが、いま、その記憶が甦ってきた。

（間違いない。仁七だ）

蔵人と仁七の間に、何やら深いかかわりがあるのは明らかだった。十四郎は張込みのできる場所を求めて、ぐるりに視線を走らせた。

暮六つ（午後六時）前だというのに、長谷川平蔵はいつもの、神田川を見下ろす二階の座敷で待ち受けていた。すでに盃を傾けている。

「先に一杯やっておる。疲れを忘れるにはこれが一番じゃ」

飲み干し、向かい合って坐った蔵人に、いった。

「仁七から聞いた。神尾十四郎という、旗本の次男坊が居座っているそうだの」

「押込みや辻斬りを仕掛ける輩（やから）の送り込んだ密偵です」

「そうと知りながら、そばにおいているところをみると、どこやら見所のある男とみえるな」

「かつてともに剣の鍛錬に励んだ者。魂までは腐りきっていないようで」

平蔵は、うむ、とうなずいた。蔵人のおもいを受け止めたかのような仕草であった。顔を上げて、いった。

「何やら手がかりをつかんだようだの」

「手がかりをつかんだのは無言（しじま）の吉蔵という、隠退して足を洗った名うての盗っ人と仁七でございます」

「吉蔵のこと、仁七から聞いた。蔵人に惚れ込み、裏火盗の手先になりたいと申し入れてきたそうだな」

「そのこと、ぜひにも長谷川様のお許しをいただきたく」

「許すも許さぬもない。裏火盗のことはすべて任せる、とはなから決めてある。おもうがままにするがよい」

「では、無言の吉蔵、以後、私の手先として役立てまする」

「摑んだ手がかり、聞かせてくれ」

「勘定吟味役・小出辰之助殿が竹本三郎次に暗殺された現場に出くわし、後を追って血闘となり斬り伏せたことは先日、報告いたしました。その後の探索で、さまざまなことが見えてまいりました」

「旗本が旗本を狙うとは由々しき大事と、こころを痛めておったが、さらに根が深かったというのか」

「如何様。竹本三郎次の朋友にて池上小弥太なる旗本がおりまする」

「知っている。喧嘩に博奕、あげくは大店の弱みを握っての強請たかりと、破落戸同然の暮らしをしておる鼻つまみ者だ」

「その池上と旗本・原田伝蔵が繋がりがあるとしたら」

「原田伝蔵と申さば、無住心剣流皆伝、旗本有数の剣の達人と評判の者ではないか。空き家を所有する商人たちの協力を得て、寺子屋を開き、同じ志を持つ旗本たちと力を合わせて、裏長屋にすまう貧民たちの子弟に、無料で読み書きを教えたり、病人を養生所へ運び込むなど、さまざまな慈善を為している、いまどきめずらしき人物と聞いているが」

「神尾十四郎は池上小弥太が送り込んだ密偵。その神尾は、原田伝蔵と気脈を通じております る」

　蔵人は、十四郎を通じて原田伝蔵と会合をもった経緯を語って聞かせた。

「様子からみて、親しいとはいわぬが、かかわりの深い間柄とみゆるな」

平蔵は思案の淵に沈んだ。蔵人はつづくことばを待った。

「池上小弥太が世直し一味であることは明らか。仲間である、神尾十四郎とつながる原田伝蔵もまた、押込みや暗殺を繰り返す一味の者、ということになる。寺子屋は押し込む大店の様子を探る、出城がわりとみるべきであろう。彼らの目的は御老中の失脚。世直しとは、よく名乗ったものよ」

「一味につらなる旗本はいずれも小身。小普請組の者たちでございます。それがいかなる意味を含むものか」

「質実剛健。開府時の武士の世に戻すことこそ改革の狙い、と就任時に所信を披瀝された御老中の政が、かならずしも、そのことばどおり行われているとはおもわぬ。武に優れた者たちは、むしろ田沼様の時代よりも軽んじられている」

「一味に加わる旗本は、いずれも三河以来の家系の者たちでございまする」

平蔵は眉を顰めた。空に眼を据える。蔵人も同じおもいを抱いていた。どうにもならぬことであった。よほどのことがない限り、定められた身分の中でしか生きていけぬ世の中であった。ひとりの力で打破することなど、できる話ではなかった。

(しょせん小身に生まれた身を呪うしかないのか)

かつて、何度もそうおもい、絶望にうちのめされそうになったことか。蔵人の心情には、神尾十四郎や原田伝蔵らと相通じるものがあった。長谷川平蔵の家禄は四百石だった。旗本の禄高の目安は一万石以下二百石以上である。平蔵もまた、決して大身とはいえぬ身分であった。先手頭の役高千五百石が付与されているからこそ、加役火付盗賊改方の御役目がまっとうできているのだった。

「原田たちの口惜しさがわからぬでもない。大身偏重の人事が行われている。懸命に文武を修め、優れた才を発揮しても、見いだし、認めて、その才を政に役立てようと心がける、幕閣の重職たちはおらぬ。それが現実じゃ」

「旗本たちの魂の拠り所、帰るべき城は御上でございます。城の主の上様が、小身旗本たちを顧(かえり)みられることは、まずありますまい。徳川家の安泰、行く末の繁栄を祈り、望むことのみに腐心されているとしかおもわれませぬ。大奥での享楽に日々うつつを抜かし」

「ことばが過ぎるぞ、蔵人」

平蔵が制した。声に厳しいものが含まれていた。

蔵人は無言で平蔵を見つめた。いつもとかわらぬ平蔵がそこにいた。

「原田たちを煽(あお)る幕閣の要人、何者であろうか」

「上様に見捨てられ、行き場のない憤りを抱えて彷徨う旗本たちを煽動するなど、簡単なこと」

「あるいは立身出世を約しておるかもしれぬな」

「背後にいる者の影すらも、まだ見いだしておりませぬ」

「処断するには、手続きを踏んで若年寄を動かさねばならぬ。が、事をそれで終わらせれば、原田たちを煽る黒幕を生き延びさせることになる」

「黒幕が何者か突きとめるまで、泳がせるのが最良の策かと」

「蔵人」

呼びかけて、平蔵は声を潜めた。

「わしは原田たちを死なせとうはないのだ。黒幕をひそかに処断すれば、動きもおさまるのではないか。そうおもうのだ。あの者たちの心情、わしにもよくわかるでな」

「罪を見逃がしていいとはおもいませぬ。彼らもひそかに処断すべきかと。家禄だけは安堵する。悪は悪、情けをかけすぎるはいかがなものかと」

「原田らはおのれがやっていることが善か悪か、わきまえているはずだ。わしはそう信じたい」

「池上小弥太のごとき、破落戸暮しが身に染みついている者もおります」

「役に立つ者を無為に殺すわけにはいかぬ。そちが神尾十四郎を気儘にすごさせておるのは、いずれこころをあらためてくれるかもしれぬ、とのおもいがあるからではないのか」

図星だった。蔵人は、口を噤んだ。

「報われることの少ない小身旗本たちの不心得より、情なき幕政のありようこそ、責められるべきことかもしれぬ」

そういって平蔵は悪戯っぽい笑みを浮かべた。

「ところで神尾十四郎、そこらで張り込んでいるのではないか」

「おそらく」

「そろそろ何をやっているか、わからせてやってもいいではないのか」

「そのつもりでおります」

「その役目、わしが引き受けよう。蔵人、先に帰るわしを丁重に見送れ。その後、仁七とともに座敷にもどるのだ。そうすれば神尾め、わしの後を尾けてくるは必定。聞きおぼえた常盤津（ときわず）などを聞かせてやって、ゆるりと役宅まで案内してやる」

「あとは、神尾十四郎の気持次第」

「そうじゃ。そうと話が決まったら呑もう。久しぶりのふたりの酒宴じゃ」

盃を口に運び一気に飲み干した。蔵人も盃に手を伸ばした。

着流しに深編笠。大身の旗本の忍び姿と見えた。酔っているのか、常盤津を口ずさみながら歩いていく。

神尾十四郎は、見え隠れに深編笠の武士を尾行していた。蔵人が姿勢を正して仁七とともに見送ったところをみると、蔵人の役向きとかかわりがある人物、とおもえた。

神田川沿いにすすんだ深編笠の武士は、湯島聖堂の手前に架かる昌平橋を、左へ折れた。火除けのための空き地でもある三番原で立ち止まった武士は、深編笠の縁に手をあて、空を見上げた。武家屋敷の塀脇に身を潜めた十四郎も、つられて顔を上げた。

満天に星が煌めきを競っていた。見事なまでの美しさだった。こんな夜に、こそこそと人を尾けている自分が情けなく感じられた。

(だれが政権を握ろうと、おれにはかかわりのないことなのだ。しょせん旗本の次男坊、いくら努力しても泰平の今、世に出ることなど考えられぬ)

得意の剣で身を立てようと、蔵人とともに日々の錬磨に励んでいたころは、達人上手となれば、必ず見いだしてくれる君主があると、信じて疑わなかった。そんな日が懐かしくもあり、疎ましくも感じられる。

「馬鹿馬鹿しい、無意味なことを」

こみ上げてきた苦々しい思いに、おもわず低く吐きすてていた。

十四郎は武士に視線をもどした。すでに背を向けて歩き去っている。あわてて後を追った。

武家屋敷の建ちならぶ一画だった。十四郎は、とある屋敷の門前で棒立ちとなっていた。予想だにしなかった成り行きに、度肝を抜かれていた。清水門外にあるその屋敷は、火付盗賊改方の役宅であった。となると深編笠をかぶった大身の忍び姿と見えた武士は、

(火付盗賊改方長官・長谷川平蔵殿に相違あるまい)

とおもえた。平蔵の顔を見知っているわけではない。が、その後ろ姿には、並みの者ではそなえ得ぬ、風格が滲み出ていた。

(蔵人さんは火盗改メにかかわる任務に就いているのだ)

名状しがたい感情が、躰の奥底から込み上げてきた。

（これ以上、邪魔をしてはならぬ）

とのおもいだった。つづいて湧き起こった激情には、とまどいすらおぼえた。

命を賭けるものを見いだしたであろう蔵人を心底、

（羨ましい）

とおもった。火付盗賊改方の役宅の門が、のしかかってくるように感じられた。

「おれは、おれは、なにをしているのだ。馬鹿な、馬鹿なことを」

呻いていた。歯ぎしりをしていた。ことばにならぬ声が歯の間から漏れた。

「どうにも、どうにも、ならぬことなのだ」

ぐらりと躰が揺れた。酔ってもいないのに、と十四郎はおもった。上目遣いに火盗改メの役宅を見つめた。

しばらく、そのままでいた。

ふっ、と躰から力が抜けた。苦いものが噴きあげ、微かな笑みに変わった。

それが自嘲だと気づいたとき、十四郎は踵を返した。

「どこへ行く」

こころが問いかけていた。寄る辺とする、帰るべき城は、どこにもなかった。

「わからぬ。どこへ行けば、いいのだ」

口に出してつぶやいていた。

野良犬だろうか。どこからか遠吠えが聞こえてくる。呼んでいるかのように感じられた。十四郎は、鳴き声に向かって歩き出した。

四

（帰ってこなかった……）

魂までも腐りきってしまったのか、とのおもいが強い。寂寥（せきりょう）にとらわれた蔵人のこころを、一陣の風が吹き荒れて、去った。

（こんど会うときは、刃を合わせることになるかもしれぬ）

斬る、と決めていた。が、いざと言うとき、その覚悟が揺るがないとの自信はなかった。

蔵人は日々の鍛錬をはじめるべく裏庭に立っている。胴田貫を抜きはなった。

大上段に構えて、振り下ろした。

あたりに、凄まじいまでの風切音が響き渡った。

松平左金吾は馬上にあった。真昼間の、江戸の町を疾駆する。蹄が土塊を弾き飛ばした。

「どけ。どかぬと蹴散らすぞ」

左金吾が吠えたてていた。血相が変わっていた。その後を数騎が追う。

行く手にいる町人たちが、大慌てで左右に散って、道をあけた。

逃げ遅れた幼子が転んだ。三つか四つの、出で立ちから見て、男の子であろう。起きあがろうとして腰を抜かしたのか、口をあんぐりと開けたまま、呆けたように迫り来る騎馬を見つめている。だれもが、幼子は馬の蹄にかけられるとおもった。

母親であろうか、

「坊や」

と悲痛な叫び声が上がった。

一筋の閃光が走った。

疾駆してきた馬がいきなり、横倒しとなった。手綱を握ったまま、左金吾は宙に飛んだ。したたかに地面に叩きつけられた。

「殿」

馬から降り立った武士が駆け寄った。左金吾は、抱き起こそうとした武士の手を振り払って立ち上がった。憤怒に面が歪んでいた。髪の毛が逆立っている。

通りの真ん中に、馬の脚が一本立っていた。もう一本は地面に転がっている。足下に、騎乗していた馬から流れ出た血が迫っていた。

（馬の両脚が付け根から切り落とされたのだ）

さとった左金吾は、下手人を求めてぐるりを見渡した。

前方に、片手に幼子を抱きかかえ、右手に大刀を下げた武士が立っていた。

「無礼であろう。わしは」

「名乗られぬほうがよい。人の行き交う町中の通りを、原野を行くがごとき様で馬を駆るなど言語道断。人品に欠落したものあり。民を治むる立場にありし武士にあるまじき振る舞いと、お咎めを受けるやもしれませぬぞ。家に障るは必定」

「なにっ。小賢しい奴め。名乗れ」

「旗本小普請組・原田伝蔵」

「原田、伝蔵。無住心剣流の使い手と評判の、あの」

「左様。原田、伝蔵でござる。いつでもお相手仕る」

抱いていた子供を、駆け寄った町家の女房とみえる女の前に優しく下ろし、ゆっくりと一歩迫った。

眼を剝き、睨み据えていた左金吾は、おもわず一歩後退った。精一杯の虚勢を張って怒鳴った。

「決着は、のちほどつける」

配下を見返った。

「馬」

配下のひとりが乗ってきた馬の手綱を手渡した。

原田伝蔵に憎々しげな一瞥をくれ、

「先を急ぐ。道を開けい」

わめくや馬体に一鞭くれた。いなないた馬は一気に走り出した。

見送って、原田伝蔵は鍔音高く刀を鞘におさめた。

石川島人足寄場から役宅にもどった長谷川平蔵は、

「血相変えて松平左金吾さまが乗り込んでまいられました」

役宅に詰める、いまは連絡役に任じられた与力・石島修助からそう報告を受け、首を傾げた。松平左金吾の行為の意味を計りかねたからだ。

「松平様は、世直し一味が二本差だということをなぜ教えてくれなかった、と大変な剣幕で」

「探索上で摑み得たこと、まだ正式に御役についておられぬ松平殿に知らせねばならぬことでもないが」

石島修助は事細かに、松平左金吾とのやりとりを語って聞かせた。聞き終わった平蔵は石島を見据えて、いった。

「なぜ、世直し一味が二本差だということを松平殿につたえた」

「は？」

「松平殿は、まだ当分加役火付盗賊改方の任に就いておられぬ。そのこと、石島、おまえも承知しておるではないか」

「それは……しかし」

石島修助が不満げに鼻を鳴らした。

「御老中の内示は受けておられるが、いまはただの無役の旗本。探索の任にも就いておらぬ者が二本差と聞き、先走って浪人狩りでも始めたら、どうなる。浪人ならまだいい、浪人と見紛う風体の破落戸（ごろつき）旗本は、あちこちにいるぞ。見誤って旗本を捕らえ、騒ぎが大きくなったとき、その情報を漏らした者が、火盗改メの与力石島何某（なにがし）と松平殿がいわれたら、どうする。腹切るぐらいではすまぬかもしれぬぞ」

「へっ……」

仰天した石島の目が宙に泳いだ。

「それは、それは、困りまする。どうすれば……」

「松平殿、出過ぎた動きをせねばよいが」

そう口にしながらも、平蔵は、

（かならず何か、しでかすに違いない。大事（おおごと）にならねばよいが）

と心中でつぶやいていた。

数日後、平蔵の予想はみごと的中することになる。朝、与力・進藤与一郎から、

「松平左金吾様が、火盗改メを名乗って浪人狩りをなされております」

との報告がなされた。平蔵は相田倫太郎に、

「仁七を迎えに行き、役宅へ連れてまいれ」

と命じたのち、支度をととのえ、急遽登城した。

用部屋で執務中の松平定信を訪ねた平蔵は、松平左金吾が、浪人狩りを始めたことを告げた。

「馬鹿なことを。何を考えておるのだ」

眉を顰めた定信は、

「ただちにやめさせい。わしの命令だとつたえよ」

と告げたあと、声をひそめた。

「すまぬが、事を穏便に処理してくれ」

「心得ております。ただし」

「……なんじゃ」

「松平左金吾殿の御機嫌を損じることになるかと。そのこと、お含みおきくだされたく」

「かまわぬ。存分にやってくれ」

「承知仕りました。これにて御免」

会釈した平蔵は、悠然と立ち上がった。

役宅にもどった平蔵は、相田倫太郎と小者(こもの)に変装させた仁七を連れ、松平左金吾の屋敷に向かった。

「捕らえた浪人たちを、お屋敷に設けられた仮牢に投獄され、取り調べておられるそうで」

と進藤与一郎からの復申にあったからだった。道すがら平蔵は仁七にいった。

「捕らえられている浪人たちのなかに、池上小弥太につらなる破落戸旗本がまじっているかもしれぬ。張込みをつづけたおまえだ。一味の顔は見知っていよう。いれば、それとなくわしに知らせてほしいのだ」

「おまかせください。見極めはつきやす」

「たのむ」

平蔵はそれきり口を噤んだ。むっつりと黙り込み、なにやら思案に暮れている様子だった。

松平左金吾は不機嫌さを剝き出して平蔵を迎えた。

「御老中の内意を受けてまいった」

「……老中首座は、何とおっしゃられた」

「正式な拝命を受けておらぬ身がなすべきことではない。事を穏便に処理するよう計らってくれ。すべてまかせる、とそう仰られました」

「それは……」

　松平左金吾は口惜しげに唇を嚙んだ。

「捕らえた者、解き放すが順当かと」

「できぬ。それは、できぬぞ」

「浪人としか見えぬ風体の者たちのなかに、旗本の子弟がまじっているやもしれませぬ。火盗改メを名乗られて捕らえられた由。旗本は支配違いの身分の者でござるぞ。事が露見したときは、いかがなされる所存か」

　松平左金吾は黙り込んだ。顔を背けて、いった。

「好きに、なされよ」

「相田、仮牢に入れられている浪人どもを、ただちに解き放て」

　首肯した相田倫太郎が、控える左金吾配下の武士を振り返った。

「お聞きのとおりだ。案内を頼む。仮牢の鍵も用意されよ」

「鍵は警固の者がもっております。こちらへ」

　配下の武士が立ち上がった、相田倫太郎がつづく。見送って、平蔵がいった。

「仁七、よいな」

「手筈どおりに」

軽く腰を屈めた。

仮牢の脇に立ち、出入口を潜って出てくる浪人たちを、平蔵と仁七、相田倫太郎が見つめていた。最後のひとりが立ち去ったのを見とどけて、仁七が小声でいった。

「池上小弥太と一緒に押し込んだ野郎がふたり。間違いありやせん」

平蔵は、黙ってうなずいた。


平蔵が、松平左金吾の屋敷で浪人たちを解き放っていたころ、根岸の備後屋の寮の庭に面した座敷では、榊原摂津守と備後屋作兵衛、室町屋伊佐蔵、大洲屋儀助の四人が面つきあわせて、何やら秘密めいた会合をもっていた。

「松平左金吾が、また御定法(ごじょうほう)破りの出過ぎた真似をしおった」

榊原摂津守の片頰に皮肉な笑みがあった。

「松平左金吾さまと申しますと、老中首座・松平定信さまの甥御(おいご)にあたる、大身のお旗本。何か、ありましたか」

備後屋が問いかけた。

「当分加役火付盗賊改方の内示を受けたのだが、正式に任命されてもいないのに探索に乗りだし、あろうことか浪人狩りまで始めたのじゃ」

「浪人狩り」

大洲屋が訝しげな声をあげた。横合いから室町屋が口をはさんだ。

「それは、ちとまずいことになりかねませぬな」

榊原摂津守が応じた。

「そうよ。原田伝蔵らはひっかかることはあるまいが、問題は池上小弥太の一党じゃ。破落戸同然の暮らしになれきって、出で立ちまでそこらの無頼浪人と変わらぬ者もいる始末じゃ」

「浪人狩りにひっかかっても、旗本と名乗れば探索の手はおよばぬはず。何の問題もないのではございませぬか」

備後屋を見やって榊原摂津守がいった。

「並みの相手ではない。松平左金吾は、子供がそのまま大人になったような男だ。これと思い込んだらまわりがみえなくなる。旗本かどうか確かめる前に、いうに事欠いて旗本などと名乗りおって、許さぬ。責めて責め抜いてくれると拷問にかける怖れもある」

「責めに耐えかねて、われらが謀略、口にするかもしれませぬな」

備後屋の面に不安がみえた。

「そろそろ一気に勝負をつけるときかもしれぬな」

榊原摂津守のことばに室町屋が身を乗り出した。

「老中首座さまを一気に失脚に追い込む、よい手立てがございますか」

「原田をたきつけて定信めを襲わせるか。暗殺がうまく運べば、それもよし」

「運ばねば、原田さまや同志の旗本衆は、榊原さまが大目付の立場を利して一挙に処断なさる。そういうことでございますな」

備後屋が含み笑った。

「人のこころを読みおって、悪党めが。稼ぎまくってせっせと金を貢ぐことじゃ。わしが出世すれば、万事うまく運ぶ」

榊原摂津守がにんまりと酷薄な笑みを浮かべた。

「悪党はお互いさまでございます。大洲屋さん、室町屋さんの顔も欲の皮で突っ張っておりまする」

「備後屋さん、鏡をもってまいりましょうか。欲の皮が一番突っ張っているのは誰か、鏡を見れば、よくわかりますぞ」

「そうじゃ。まさしく守銭奴の顔じゃ」

　室町屋と大洲屋が揶揄していった。

「地獄の閻魔さまも手玉にとるほどの、二枚どころか数枚以上の舌をお持ちの方がお揃いじゃもの。私など末席を汚しているだけの、小者でございますよ」

　備後屋も狡猾さを剝き出して、せせら笑った。が、その眼は油断なく皆の反応を窺っている。

「どちらにしても、はなから使い捨てる気でいた原田たちだ。小普請組の小身旗本など無用の具。死んでくれた方が、俸禄が減って御上の台所が楽になるわ。最後の御奉公じゃ。存分に働いてもらおうぞ」

　榊原摂津守の高笑いに、備後屋たちの笑い声が合した。

五

　綾はいまだに迷っていた。

　山谷堀に架かる三谷橋の欄干によりかかって、隅田川の方角を眺めた。流れが折れ曲がっていて、突きあたりの土手しかみえなかった。待乳山聖天社の甍が、蒼天(そうてん)を切って聳(そび)えている。その向こうに隅田川の流れがあるのだ。

(見たいものが見えない、わたしの生き様みたいな風景……)

ふと浮かんだおもいに、綾は涙ぐみそうになった。恋い焦がれた結城蔵人が、急死したと知らされたときの哀しみが、胸に突き上げてくる。降るほどあった縁談をずっと断り続けていた。母が、

「だれか、こころに決めたお方でもいるの」

と問いかけたことがあった。そのとき、おもわず首を横に振っていた。いまになってみると、そのときはっきりと、

「結城蔵人さまを慕っております」

といえばよかったのだ。そういえば、雅世さんからも、

「綾さんはひょっとして蔵人のことを……」

といわれたことがあった。半ば反射的に、

「私は雅世さまとお話がしたくて訪ねてきているのです」

と応えていた。

こころを覗き見られた恥ずかしさに、とってしまった対応であった。が、いま

は、取り返しのつかないことをしてしまったとの後悔しかない。

（素直にこころをぶつけていれば、蔵人さまの妻になれたかもしれない）

とのおもいが日増しに強まってくる。

「結城蔵人が生きている」

と夫から告げられた日から、ときおり浮かび上がる考えがあった。

「鎌倉の東慶寺に駆け込んで、夫との縁を切る。その上で蔵人さまをたずね、たとえ拒否されても居ついて、下働きなどしておそばですごしたい」

このごろでは、ひとりでいるときに、無意識のうちに口をついてでることばであった。それも一度だけではない。何度も何度もつぶやき、そのたびにこころが固まっていくのを感じていた。

蔵人の食事の支度をし、衣服をととのえ、身の回りの世話をする。おもいうかべるだけで、すべてが胸のときめくことであった。

「浅草新鳥越町二丁目にある貞岸寺。境内裏に離れ屋がある。出向けば、おもしろいことに出くわすかもしれぬ」

そう夫から告げられて十日近く過ぎている。その間、行こうか行くまいか、ずっと迷いつづけていた。

（夫とこのままの暮らしをつづけていくことはできない）

こころはすでに決まっていた。こころの触れ合いこそ大事なこと、とおもいつづけている綾と、肉の交わりだけにしかかかわりを見いだそうとしない、原田伝蔵との間には、もはや埋めがたい溝が拡がっていた。

そしていま……。

綾は、貞岸寺へ向かっている。が、

「行く」

とこころを決めて来たはずなのに、

（このまますすんでいいのか）

との、怯むこころが頭をもたげてくる。その逡巡が、三谷橋で綾の足を止めさせていた。

吉原へ向かうのか、山谷堀を上ってきた、ふたりの商人風の男を乗せた猪牙舟が橋の下をくぐり抜けていった。千鳥が川面すれすれに飛来し、隅田川へ向かって高々と飛翔した。その動きを眼で追った綾は、解き放たれたかのように空中を旋回する千鳥に、おのれの姿を重ねていた。

綾は、再び貞岸寺へ向かって歩き始めた。

貞岸寺の正門に入って境内を突っ切る。本堂の裏手にある雑木林を抜けると、それはあった。

本堂寄りの家の前には、長屋住まいの女房らしい、貧しいみなりの女が乳飲み子を抱いて日向ぼっこをしていた。ほかに骨でも折ったのか、手を白布で吊った職人風の男や、顔色の悪い十歳くらいの子供が日溜まりを見つけて坐っていた。様子から診察待ちの者たちとみえた。どうやら町医者の診療所らしい。

奥にある家には、その診療所の前を通りすぎないと、行き着けないつくりとなっていた。

綾はその家の前に立った。なかの様子をうかがう。だれもいないようだった。

診察待ちの病人たちが、胡散くさそうに眺めている。が、そんなことは一切気にならなかった。

立ち去りかねて、家の前に立ち尽くした。

（ここに蔵人さまが住んでいるのだ）

いまにも蔵人が姿を現すような気がした。木刀を打ち振って、剣の錬磨に励む蔵人。濡れ縁に横になって昼寝している蔵人。さまざまな幻影が浮かんでは消え、また浮かび上がった。

「なにか、御用ですか」

かけられた声に、綾は現実に引き戻された。振り向くと、武家娘が近くに立っていた。年の頃は二十三、四といったところか。

なぜ、そこに女がいるのか、とっさには理解できなかった。呆けたように女を見つめていた。

「留守を頼まれている、隣りの町医者の手伝いの者ですが、この屋の主になにか御用がおありですか」

綾は咄嗟に視線を診療所の前に走らせた。職人風の怪我人が、好奇の目を向けていた。ゆっくりと視線をもどして、いった。

「この屋に住まわれているのは結城蔵人さま。そうでございますね」

「それは……」

女はことばを濁した。見つめた眼に探るものがあった。必要以上の警戒といえた。そのことがその屋の住人が蔵人であるとの確信をもたらした。

「いらっしゃるのですね」

ことばを重ねた。

女はそれには応えなかった。

「あなたさまは」

問いかけた女を綾は無言で見据えた。女も見返してきた。その目に、敵意に似た陽炎(かげろう)が見え隠れしていた。

沈黙が流れた。

綾は、当惑していた。初めて会う相手である。何のわだかまりもないのがふつうであった。なのに相手は明らかに自分に敵するこころを抱いている。なぜだか理由がわからなかった。

「あなたさまは」

女が問いを重ねた。綾の目に冷ややかな光が宿った。背筋を伸ばして、いった。

「人に名を尋ねる前に、自分が名乗るが礼節というものでございましょう」

女の目が細められた。声を抑えて、告げた。

「雪絵、と申します」

名乗りながら、前に立っている女は雅世から聞かされた、蔵人を慕っていた綾に違いないとおもった。一目見たときからおぼろげに感じていたことを、あらためてはっきり確認した、とのおもいもあった。

「綾、といいます。結城蔵人さまとは旧知の間柄の者」

わずかの間があった。

「この屋の主は結城蔵人と仰るお方ではございませぬ」

「私の目で確かめます。庭先で待たせていただきます」

「困ります。留守を任されている以上、この場を離れかねます。御覧になられたとおり、治療を受けに来た患者がおります。手伝いとはいえ、わたしがいなければ先生の診察の手順に狂いが生じます。ふたつのことを果たすことはできませぬ」

一歩も引かぬとの強い意志を秘めた、厳しい口調だった。

綾は黙った。

読経(どきょう)の声が聞こえてくる。貞岸寺の僧が修行を始めたのであろう。年季の入った朗々たる声が風に乗って聞こえてくる。その声が、尖っていた綾の気持を平常にもどした。

(このまま睨み合っていても無為に時を過ごすだけのこと。出直すが得策)

綾は雪絵から視線をそらした。

「出直してまいります」

一礼し、踵(きびす)を返した。雪絵は別れのことばひとつかけようともしなかった。凝然と去りゆく後ろ姿を見つめている。

　雪絵は町家の軒下をつたうようにして歩みをすすめていた。綾が去ったあと、雪絵は診療所にもどり大林多聞に、

「不審な人物が御頭を訪ねてきました。後を尾けて、どこの何者か突きとめてまいります」

と告げた。許諾を得て、急いで綾の後を追った。

　綾は三谷橋を渡って右へ折れ、山谷堀沿いに隅田川べりへ出た。河岸道を、右手に金龍山浅草寺（きんりゅうざんせんそうじ）の大伽藍（だいがらん）を仰ぎ見ながら、ゆっくりと歩みをすすめていく。

　雪絵は尾行をつづけていた。綾は後ろを振り向こうともしなかった。正面に顔を向けたまま、歩いていく。雪絵に気づいた様子はなかった。

　南本所、北本所と町家のつらなる通りを抜けた綾は、三叉路を左へ折れた。

　埋堀を通り過ぎ、石原町（いしわらちょう）の町家の切れたところを左へ折れたところで、雪絵は慌てた。綾の姿が消えていたのだ。

　雪絵はおもわず小走りとなった。ひとつめの丁字路を右へ曲がった通りに、綾の姿があった。武家屋敷の建ちならぶ一画であった。綾は、とある屋敷へ入って

いく。雪絵は塀沿いに急いだ。

すでに綾の姿はなかった。雪絵は、綾が姿を消したとおもわれる屋敷の門前に立って、ぐるりを見渡した。忍び込む方策を探るための動きだった。足がかりになる場所は見いだせなかった。

雪絵はゆっくりと歩き始めた。どこかに忍び込みやすいところはないか。その一点に全身の神経を注ぎ込んでいた。

「女」

かかった声に振り返ったときには、三方から着流しの数人の武士が迫っていた。

(通行人を装って包囲するかたちをつくりあげたのだ)

塀際に追いつめられながら、雪絵はそう推量していた。武士たちは喧嘩なれしているようにおもえた。

「だれから頼まれてこの屋敷の様子を探っていた」

頭格がいった。

「道に迷っただけです。探っていたなどとんでもない思い違い」

「下手(へた)な言い訳はせぬことだ。おれたちは塀蔭からしばらく様子を窺っていたのだ。おまえは、明らかにこの屋敷に忍び込もうとしていた。塀の屋根に手を伸ばして、高さを測っていたではないか」

雪絵は、唇を噛んだ。いわれた通り、雪絵は塀屋根の高さを測った。武士たちに視線を走らせた。逃げおおせる自信はなかった。

「おとなしくついて来い。来ぬときは、この場で斬る」

頭格が大刀を抜きはなった。配下の者たちも刀を抜き連れた。

雪絵は眼前に突きつけられた刀をじっと見つめた。

屋敷内に突き入れられ、よろめいたとき、

「雪絵さんじゃないか」

と驚きの声がかかった。

顔を上げると、枝折り戸を開けて中庭から出てきた武士がみえた。神尾十四郎だった。

雪絵は驚愕の目を見開いた。

「知っているのか」

頭格が十四郎に問うた。

「知っている。結城蔵人の身のまわりの世話をしている人だ。隣家の町医者の手伝いでな。おれもかなり世話になった」

「結城蔵人の手先ではないのか」

「違う。診療所に泊まり込んで、患者の世話に明け暮れている人だ」

「ほんとうに、そうなのか」

「池上さん、疑心暗鬼はやめてほしいな。たまにはおれを信じてもいいんじゃねえのか」

池上小弥太は神尾十四郎を見据えた。

「結城蔵人は竹本三郎次の仇だ。かばうことは許さん」

「つきあいづらいお人だ。話にならねえ」

毒づいた十四郎に綾の声がかぶった。

「結城蔵人さまは、やはり貞岸寺裏のあの家に住んでいらっしゃるのですね」

枝折り戸の奥から、綾が現れた。

「なぜ嘘をいったのです。事と次第によっては許しませぬよ」

雪絵はことばを発しなかった。

「もう一度聞きます。あの屋の主は結城蔵人さまなのですね」

「そうだ。結城蔵人だ」

背後からかかった声に、綾はびくりと躰を震わせて、ゆっくりと振り向いた。

原田伝蔵が立っていた。

「行ったのだな。貞岸寺の裏手に」

「行きました。あなたにはかかわりのないことです」

烈しい口調だった。

「かかわりがないだと」

痛烈な平手打ちが頬を襲った。呻いて、よろめいた腰に蹴りが入れられた。転倒した綾に、仁王立ちして原田伝蔵が吠えた。

「女を人質に結城蔵人を呼び出す。必ず、勝つ。あ奴は血反吐(ちへど)を吐いておれの足下に倒れ込むのだ」

雪絵は憎悪を籠めて、原田伝蔵を睨みつけている。

第四章　微光

一

「貴殿ご存じよりの雪絵なる女性、当方にて預かり申し候。夕五つ、拙宅にてお返しいたす所存。単身にておいでいただけぬときは、この者の命保証のかぎりにあらず　結城蔵人殿　原田伝蔵」

濡れ縁にこれ見よがしに置かれていた書状だった。世直しにかかわる聞込みからもどった蔵人が見いだして、手にとった。

なぜ雪絵が原田伝蔵の屋敷にとらわれているのか、その経緯がにわかには組み立てられなかった。悪戯とはおもえなかった。思案して立ち尽くした蔵人に声がかかった。

「蔵人の旦那」

「仁七か」

貞岸寺裏の雑木林のなかから仁七が姿を現した。

「ほんのいましがた、使いの者が帰ったところで」

歩み寄って、いった。

「池上小弥太たちも原田の屋敷にいるのか」

「へい」

腰を屈めた。仁七と無言(しじま)の吉蔵は蔵人の命を受け、池上小弥太の屋敷を交代で張り込んでいたのだった。

「奴らが出かけたので尾けたら原田さまのお屋敷へ入りやした。まもなくご妻女らしい女が帰ってきて、少し遅れて尾行してきたらしい雪絵さんが」

「屋敷の様子をうかがっていたところを見つかったか」

仁七がうなずいた。

(綾どのが訪ねてきたのだ。応対した雪絵は、気がかりなものを感じて、動いた……)

胸中でつぶやいた蔵人は、仁七を見つめた。

「木村と晋作が張り込んでいたはずだが」

「表門と裏門を見張っておられました。気がつきやしたが、たがいにしらんぷりの、声はかけずじまいで」

「それでいい。吉蔵は暮六つからの張込みか」

「いまじゃ夜のほうが躰が馴染んでよく動く、とおっしゃって。あっしのことを気遣っていらっしゃるんですよ」

「これから雪絵どのをたすけに、原田の屋敷に向かう。そこに吉蔵を連れて来てくれぬか。おまえともども忍び入ってもらうことになるかもしれぬでな」

「いまからひとっ走りすれば、蔵人の旦那がお着きになるころには屋敷の前で落ち合うことができやしょう」

「頼む。おれは多聞さんと段取りを打ち合わせて出かける」

「裏門近くで待っておりやす」

仁七は踵(きびす)を返した。身軽な動きで立ち去っていく。見送りながら、

(原田伝蔵と刃を交えることになるだろう。敵地での勝負、尋常に戦ったらまず勝ち目はあるまい。どうしたものか)

よい思案は浮かばなかった。法恩寺の境内で、老木の枝を一刀のもとに切り落とした、鮮やかな手並みが脳裡をよぎった。

（流れにまかせるしかなさそうだ）

　蔵人は腹をくくった。

　原田伝蔵は大刀を右八双に構えた。真剣を打ち振って、無住心剣流につたわる技を一渉り（ひとわたり）復習（さら）って、それを数度繰り返す。時間が許す限り行う、日々の鍛錬であった。

（結城蔵人は鞍馬古流を得意とするときいている。いかなる太刀筋の剣法であろうか）

　聞いたことがない流派であった。神尾十四郎によると、

「代々結城家につたえられていた古武術の類（たぐい）」

だという。かつて、

「ともに稽古に励んだ仲ならどのような剣術かわかっているであろう。形だけでも教えてくれ」

　といったことがあった。十四郎は、

「実のところはおれにも、よくわからんのですよ」

　と口を噤んだ。それきり口をひらこうとしなかった。鞍馬古流のことは教えた

くない、という様子がありありとみえた。

問うてもむだ、と判じ、それ以上聞こうともしなかったが、いまとなっては、

(無理矢理にも聞き出すべきだった)

とのおもいが強い。

(相手の手筋が読めぬ以上、無住心剣流の太刀を存分に振るうしかない)

そうこころに言い聞かせた。

「なんとしても斬る」

と思いさだめた相手だった。

(結城蔵人の命を断つことで、何かが変わるかもしれない)

妄想に似た思い込みであった。が、いまは原田伝蔵のこころの拠り所となっていた。

(結城蔵人への綾のおもいを断ち切る)

その後どうなるか。推し量る術(すべ)とてなかった。立身の見込みさえない身の上であった。せめて住み暮らすわが家だけは楽しいものにしたい、と夢見て娶(めと)った最愛の女であった。そのわずかな夢さえ、木っ端微塵(こっぱみじん)に砕け散っている。

(三河以来の直参旗本を、冷遇しつづける幕政を命を賭して糺(ただ)す。開府時の威勢

をわれらが手に取り戻すための礎となることこそ、唯一の望み）

頼るは無住心剣流の剣技のみ。原田伝蔵は心気を凝らして、会得した技のひとつひとつに挑んでいった。

無住心剣流は夕雲流、夢想流とも呼ばれる。

流祖は針ヶ谷五郎右衛門正成である。一切の武術の所作を捨て去り、相手も殺さず、自らも死なぬ「相抜け」の境地を極意と定める、まさしく「剣は心なり」を究極とする剣法である。

「流というべき様も無ければ名も無けれども、若し強いて名付ければ無住心剣術と云わんか」

と、流祖の参禅の師である東福寺の虎白和尚が評したことが、無住心剣流の名の由来だといわれている。

受け、外し、搦みなど太刀捌きの変化の定めをすべて無視し、攻めかかってくる相手の状況に応じて仕合うことが、無住心剣流の剣法であった。

戸障子を細めに開け、神尾十四郎は庭で真剣を打ち振る、原田伝蔵の様子を窺っていた。風切音は烈風に似ていた。戸障子を閉め、振り返った。

姿勢を正して、雪絵が坐していた。見つめて、いった。

「助かりました」

「役に立っているともおもえぬが」

「いえ。わたしの見張り役を買って出てくださいました」

「居候していたとき、いろいろと世話になった。せめてもの恩返しのひとつだ」

「ひとつ？」

「根深汁がおいしかった。温かくて、葱がしゃっきりしていて」

ことばをきって十四郎は鼻の下をなでた。

「母上がな、よくつくってくれた。温かくて、葱の口当たりが、しゃきっと、しまっていて」

そこで再び黙り込んだ。雪絵に背中を向けて坐った。

雪絵は、ことばを発しない。

十四郎は頭をかいた。あきらかに照れ隠しだとわかる、わざとらしい仕草だった。振り向いて、いった。

「風切音が消えた」

「え？」

「井戸端で汗を拭っているはずだ」

「どなたが」

「原田伝蔵殿がさ」

雪絵が訝しげな視線を向けた。

「行くぜ」

立ち上がって大刀を腰に差した。

「どこへ」

「あんたを逃がすのさ」

「それでは、神尾さまに迷惑が」

「これも、恩返しのひとつさ。おれのそばから離れるんじゃねえぞ」

雪絵は、強くうなずいた。


原田伝蔵は諸肌脱ぎとなって汗を拭った。桶の水を流す。井戸の釣瓶縄(つるべなわ)を引き、釣瓶を引きあげた。釣瓶を支える滑車が派手な音をたててまわった。釣瓶を手にして桶に水を注ぎ込む。肩にかけた手拭いに桶をつけた。取りだして絞る。首筋に手拭いをあてた。井戸水の冷たさが、ほてった躰に染み渡っていく。心地よかった。

しばしの安逸があった。

静寂を破って、鉄を打ち合わせる鈍い音が響き、怒号が上がった。

「まさか」

原田伝蔵の面に緊迫が走った。

神尾十四郎は大刀の峰を返していた。斬りかかってくる旗本の刀を跳ね上げた。ひるむことなく小刀を抜き放ち、襲いかかった者の肩に峰打ちをくれた。激痛に呻いて、のけぞる。

十四郎と雪絵は、すでに庭を横切り裏門へ向かっていた。行く手を塞ぐ旗本の刀を跳ねとばして、怒鳴った。

「どけ。どかぬと斬るぞ」

大刀をふりかざした。池上小弥太が吠えた。

「裏切る気か、神尾」

「結城殿の家に居座ったとき世話になった。恩は返さねばならん。どけ」

斬って出た。円陣が崩れた。

「雪絵さん、走るんだ」

雪絵をかばって十四郎が動いた。刀を右へ左へと返して旗本たちを蹴散らし、裏門へ駆け寄った。

「門を開けろ」

雪絵が閂にとりついた。外す。片戸の門が開いた。

「逃げろ。それと」

「それと」

足を止めて、振り向いた。

「面目ない、と蔵人さんにつたえてくれ」

「……必ず」

「行け」

雪絵の肩を背で押した。雪絵が門外へ逃げ出たのを感じとった十四郎は片手で門を閉じた。

「ここから一歩も動かねえぞ」

刀を八双に構えた。遠巻きにした池上たちと睨み合うかたちとなった。

「どけ」

声がかかり旗本たちが左右に割れた。原田伝蔵がゆっくりと歩み出た。右手に鈍色(にびいろ)の光を放つ大刀を下げていた。

「おれが相手になる」

正眼に構えた。

「喰らえ」

十四郎は刀を右上段に振りかざし、躍りかかった。叩きつけるように振り下ろす。原田伝蔵の大刀が斜めに振り上げられた。

凄まじい激突音が響き、火花が飛び散った。

十四郎の刀が高々と宙に舞い上がっていた。

呻いた十四郎の鼻先に切っ先が突きつけられた。

「殺せ」

「殺さぬ。おまえはだれひとり斬ろうとはしなかった。刀の峰で肩を打ち据えただけだ。それも手加減して、骨折まではいたらぬが、激痛で抵抗できぬほどの強さで打っていた。なかなかの業前だと誉めておこう」

落下した十四郎の刀が地に突きたって揺れていた。

「刀をとれ」

ゆっくりと右下段に刀を構えなおした。十四郎は油断なく、刀に手を伸ばし、柄を摑んだ。

「失せろ」

十四郎の顔が歪んだ。当惑していた。

「なぜだ」

喉にひっかかった、かすれた声だった。

「おまえはいった。旗本同士、殺し合ってはいけないと。おまえは、斬らなかった。おれも、斬らぬ。おれも、おまえも、同じ旗本だ」

「……原田さん」

「行け」

大刀を鞘におさめた。手は、柄から離れていなかった。十四郎が斬りかかったら、居合いの早業で応じる腹づもりでいるのは明白だった。

後退りした十四郎は、後ろ手で片戸の門を開いた。

大川橋を渡った蔵人は、本所石原町へ向かって歩みをすすめていた。

前方から小走りに来る武家娘と遊び人風の男がいる。姿に見覚えがあった。足を止め、目を凝らす。

向こうも蔵人に気づいたようだった。

「蔵人の旦那」

仁七が雪絵とともに駆け寄ってきた。

「仁七」

応えて、視線を雪絵にうつした。

「大丈夫か」

「神尾さまが、逃がしてくださいました」

「十四郎が」

「神尾さまが、面目ないとつたえてくれと、別れ際に」

雪絵の目に濡れたものが浮かんでいた。

「面目ないと……いったのか」

しばしの沈黙があった。

視線を仁七にもどして、いった。

「十四郎はどうした」

「無言のお頭が、様子をうかがっておりやす。雪絵さんを逃がしてくれたと聞いて、何とかしてやりてえとおっしゃって」

「いかん。吉蔵の身が危ない。先に帰っておれ。様子をみてくる」

歩きだそうとした蔵人の眼に、走り来る武士の姿が飛び込んできた。晋作だった。

「どうした」

「神尾殿が原田の屋敷から立ち去られました」

「なに」

わけがわからなかった。が、十四郎が無事でいることだけはたしかだった。仁七が小声でささやいた。

「あとは無言のお頭に」

蔵人は黙って首肯した。

二

神尾十四郎は大川橋の欄干のそばに立ち、隅田川を見つめていた。夜蔭に溶け込んで川面の様子はさだかには見えなかった。水音だけが聞こえてくる。

「おひまですかい」

背後から男の声がかかかった。振り向くと、白髪頭の町人が腰を軽く屈めて微笑みかけている。

「あたしもひまを持て余していましてね。馴染みの店に上がり込むには、ひとりではちとさびしい。どうしたものかと思案投げ首の有様でして」

男は横に来て、川面を眺めた。何の疑念もない、不用心きわまる動きだった。

十四郎から警戒のこころが失せた。

「流れが橋桁にあたってできた白波が闇に浮かんで、朧な……昼日中じゃ気づかない景色ですな」

「風流は、おれにはわからん」

「吉蔵といいます。旦那は」

「名無しの権兵衛といったらどうする」

「無聊をかこった名無しの権兵衛といったところですか。名前なんか、どうでもいいこと。権兵衛さん、袖擦りあうも何かの縁。一献いきますかな」

吉蔵は手で盃を飲み干す格好をした。

「いやだといったら」

「無理にとはいいません。ひまそうなお人はいないか、ほかをあたるだけで」

十四郎が苦い笑いを浮かべた。頭をかいた。

「それは、困った」

吉蔵は無言で見つめている。面差しに笑みが含まれていた。

「神尾、十四郎だ。推察どおりひまをもてあまして困っている。行く当てもない。一晩つきあってもいいぞ」

「これは正直な物言いで。ようございます。ここからだと浅草広小路あたりが間近い。行きつけの料亭に繰り込むとしますか」

「はじめに断っておくが、金の持ち合わせはないぞ。ただ酒、ただ食いの、世話をかけるだけの身だ」

「結構でございます。隠居の身ですが、多少の小遣いは持ち合わせております。世間の噂話など、酒の肴に聞かせていただければ十分で」

「ことばに甘える」

ぺこりと頭を下げた。

「行きますか」

微笑んで、吉蔵は歩きだした。十四郎がつづく。隅田川の水音だけがその場を支配していた。

朝陽がたおやかにあたりを照らしている。無機質な石塔が建ちならんでいた。浄真寺(じょうしんじ)の境内からつらなる墓地は寂静(じゃくじょう)のなかにあった。

原田伝蔵は、とある墓碑の前で膝を折っていた。手を合わせているわけではない。じっと墓石を見つめている。墓は、原田家のものであった。三年前に父が他界し、半年もたたぬうちに、後を追うように母も逝去(せいきょ)していた。ともに風邪をこじらせての急死であった。

(このところ父母の墓を詣でることが多い)

気鬱(きうつ)が高まるといつのまにか浄真寺へ足を運び、墓の前にぬかずいている。両親を失い、若党や仲間たち数人だけの暮らしとなったとき、親戚筋からやたら縁組の話が持ち込まれた。

「いつまで独り身をつづける気だ。原田の家を潰すつもりか」

強硬な物言いに原田伝蔵も折れた。妻にとこころに決めていた綾には、何度も申し入れては断られつづけていた。

「駄目でもともと。これを最後の未練といいたそう」

思いさだめて、嫁取りを申し入れたところ快諾された。

原田伝蔵は天にも昇る心地となった。が、嫁入りしてきた綾の態度はよそよそしいものだった。決してうちとけようとはしない。

「おれにいたらぬところがあるのかもしれぬ。なら、なおさねばならぬ」

それなりに手立ては尽くしたつもりだった。が、綾の態度は日増しによそよそしくなっていく。一人っ子だった伝蔵は、父母の愛を注ぎ込まれて生きてきた。家には諍い事など存在しなかった。それが、冷ややかなものに変わっている。どうしたらいいか、わからなかった。ただ戸惑い、足掻くしかない日々がつづいていた。

が、

「引く手あまたの縁組に、立花の綾どのが見向きもしなかったのは、好きな男がいたからだ」

との風聞が耳にはいったとき、疑心が芽生えた。

「いまでもその男のことを忘れかねているのだ」

何としても確かめたいとのおもいが、原田伝蔵を虜にした。綾が実家へ出かけた留守に、嫁入りのとき持ってきた道具をあらためた。

それらしきものが、あった。

あきらかに男物とみえる手拭いを裂いて、鼻緒をすげ替えた、履き古した草履が箪笥の奥深く、しまい込んであった。

(あの日から、おれは、変わったのだ)

「わたしはいまでも結城蔵人さまを慕っております。あの方が急死されなければ、あなたには嫁ぎませせぬ」

物の怪に取り憑かれたかのような顔付きで、いいつのった綾の様相が、事細かに脳裡に刻み込まれている。

その結城蔵人が生きていると知ったときの、躰の奥底から噴きあげてきた衝撃を、いまも忘れてはいない。

(綾は渡さぬ。綾は、おれの妻だ。結城蔵人を、かならず斬る)

憤怒のなかで誓った、おもいの深さはいまも変わっていない。怨念といってもよかった。

原田伝蔵にとって、結城蔵人は、

[共に天を戴かぬ仇敵]

となっていた。

「三河以来の直参旗本の勢威を開府時に復する。その目的を果たす礎となって果てる」

と覚悟を決めた身であった。命のやりとりにひるむこころは、微塵もなかった。

昨夜、結城蔵人につながる雪絵という女を、神尾十四郎が逃がした。本来なら裏切り者として処断すべきところを情けをかけて、屋敷から追い払うだけのことですませたのは、

「同じ旗本同士争うべきではない」

とのおもいが強かったからだった。皮肉なことに十四郎が訴えつづけたことであった。

座敷へ引きあげたあと、池上小弥太が吐きすてるようにいった。

「神尾はただ我々と群れていたかっただけなのだ。何の目的もない。その日その日右往左往して、さ迷っているだけの、ただの放浪者にすぎぬ奴を仲間に引き入れたのが間違いだった」

聞いている原田伝蔵のなかには違うおもいがあった。

（奴はつねに孤独(ひとり)なのだ。埋めたくても、どうにも埋められぬ空洞があいたこ

ろを、なんとかしたいと足掻いて、虚しく流れる時に焦って足掻いて、日々無為にすごしつづけていくしか、手立てを持たぬ者。それが神尾十四郎なのだ）ずしりと、こころに重いものがのしかかってきた。眼を閉じる。

暗雲が躰をおおっていた。

「そして、おれも、同じおもいを抱く者なのだ」

無意識に発した一言だった。しずかに眼を開く。そこに父母が眠る墓碑があった。

「昔には、もどれぬ」

はっきりと口に出したそのことばが、原田伝蔵を現実に引き戻した。

「結城蔵人が蔭の任務についているかどうか、確かめる手立てがある。世直しの押込みをつづけるのよ。奴は、必ず動いてくる」

眼をぎらつかせた池上小弥太の形相が、不意に浮かび上がってきた。

「押込みは、もうよい」

と、そのときは止めた手立てだった。が、いまは、

（誘いだす手としては、悪くない）

と思いはじめていた。

原田伝蔵は立ち上がり、大刀を引き抜いた。

（父上、母上、照覧あれ。こころの不義をなした綾と結城蔵人に、地獄の閻魔になりかわって下すわが裁き。必殺の剣をふるって決着をつけ申す）

八双に構えた刀を、右へ左へと打ち振って一気に鞘におさめた。一陣の風としかみえぬ、手練の早業であった。

その夜、結城蔵人は船宿水月の二階の座敷にいた。長谷川平蔵と向かい合って坐っている。朝方、雪絵を清水門外の火付盗賊改方の役宅へ走らせて、急ぎの会合をもったのだった。

蔵人が来るなり、仁七の留守をあずかるお苑が、吉蔵から今朝方とどけられた、

［神尾十四郎さまと、隠宅にてしばらく面つきあわせて暮らすつもり。池上小弥太の張込み、勝手ながら休ませていただきたく］

と走り書きした書状を手渡してきた。心づけをもらったのであろう。浅草広小路の料亭の仲居が、吉蔵に頼まれてとどけてきたものであった。読み終えた蔵人は、

「よろしく頼む、と吉蔵につたえてくれ」

とだけいって二階へ上った。仁七は十四郎に顔を知られている。折りをみて、お苑が蔵人のことばを吉蔵につたえに出向くはずだった。

平蔵は、約定(やくじょう)の暮六つ（午後六時）より少し遅れてやってきた。座敷に入るなり、

「すまぬ。帰り際に、石川島人足寄場で怪我人が出てな。遅れた」

といって坐り、ことばをついだ。

「雪絵から聞いた。原田伝蔵とのっぴきならぬ仕儀にいたっているようだな」

「話しても聞き入れてくれませぬ。困りました」

「男と女のことは、一度纏(もつ)れてしまえば糸をほどくのはむずかしい。成り行きにまかせるしかなかろう」

「私にはなんのおぼえもないこと。それだけに……」

「迷惑千万なことであろうが、逃れるわけにはいかぬだろうよ。わしがみるところ、男も女もすでに人のこころを忘れた妄執(もうしゅう)の鬼となっておる。決着がつくまで迷いから覚めぬであろうな」

「決着、とは？」

「原田伝蔵は蔵人、おまえとの命のやりとり。妻女はなんとかして原田と縁を切

り、押しかけ女房を気取るつもり。それしかあるまい」

　蔵人は黙っている。

「それでもふたりの迷いは覚めまいよ。こころを満たすまで迷妄の世界でのたうつのさ。見果てぬ夢と気づくまでな」

「我欲を捨てぬかぎり、迷いつづける……そういうことかもしれませぬな」

「それも、悪くないことかもしれぬ」

　意想外なことばに、蔵人は怪訝な眼差しを平蔵に向けた。

「迷っているあいだは人は夢を見ていられる。望むことを果たそうと悩み、迷う。こころのどこかで、いつか夢がおのれのものになるかもしれぬと願い、すがる」

　蔵人にことばはなかった。

（他人(ひと)のこころは変えられぬ。どう足掻いても、おれのおもいどおりにはならぬことなのだ）

　無力感が蔵人をとらえた。

「覚悟を決めねばなるまいな」

　何かをふっきった、はっきりした平蔵の物言いだった。

「覚悟？」

「そうよ。理由はなんであれ、我欲を満たすために他に迷惑の種をまき散らし、害するは理不尽。むざむざ理不尽を通させるわけにはいかぬ」

「それでは……」

「旗本たちの家をつなぐのと、当主の命を守るのとは別のことだと、こころのけじめがついた」

「では、池上小弥太ら破落戸旗本どもの処断を」

「家禄を安堵してやる。それ以上の武士の情けは無用。池上らが行状、これ以上野放しにはできぬ。それと」

「池上小弥太らに異変が起これば、背後に潜む大物が動き出すかもしれませぬ」

うむ、とうなずいて平蔵がいった。

「急な呼び出しを受けて、わしにはすぐ池上小弥太ら処断のこととわかった。相手は直参旗本。何者が為した仕業かわからぬよう仕遂げねばならぬ。地に落ちた幕府の威勢、これ以上汚すわけにはいかぬ」

「委細承知しております」

蔵人は平蔵を見つめた。何をおもうか平蔵は、凝然と中天を見据えている。

三

深更の江戸の町を漆黒の闇が支配していた。野犬の遠吠えすら聞こえぬ、静寂につつまれた通りをひた走る、ひとりの男がいた。不思議なことに、本来なら響くはずの足音がなかった。いや、耳をすませば、わずかに地を摺る音を聞き取ることができた。

足音を消したその動きが、永年修練を積んだ結果会得した業だと、武術の心得のある者なら察知し得たはずであった。

鞍馬古流の達人・結城蔵人をして、足運びの業の見事さを驚嘆せしめた男、仁七が、いま、血相変えて突っ走っている。いかに全力を尽くして疾駆しているか、その形相に現れていた。顔が歪んでいる。焦燥すら垣間見えた。切迫した事態に立ち至っていることはあきらかだった。

蔵人の座敷には皓々と灯りが灯っていた。結城蔵人の前に仁七が坐している。

「池上小弥太たちが南新堀町の廻船問屋［永代屋］へ押し入ったと申すか」

「いかがいたしましょうか」

「総勢は」

「十四人」

蔵人は、黙った。わずかの間があった。顔を向けて、いった。

「仁七。原田伝蔵の屋敷へ向かい、張り込んでいる柴田と新九郎につなぎをとってくれ」

「どうつたえればよろしいんで」

「池上小弥太の屋敷へ急行せよ、と」

「間違いなく」

「事が終われば池上たちは屋敷へ引きあげてこよう。そこで一気に決着をつける。盗っ人の仕業とみせかけてな。旗本屋敷が何者かに襲撃されたとなると、若年寄が動き出すことになる。のちのち何かと面倒なことになりかねぬ」

「そのあたりのことも柴田さんたちに」

「話しておいてくれ。それと仁七、おまえにも働いてもらわねばならぬ」

「何なりと」

「あきらかに盗っ人の仕事とみせかける荒し方を、してほしいのだ」

「昔取った杵柄。存分に腕を振るわせてもらいやす。それと」

「なんだ」

「できれば［世直し］などと書きつけた紙でも柱に貼りつけておこうかと」

「そうよな」

蔵人のなかにひとつの考えが浮かんだ。［世直し］を名乗っているのが、池上小弥太たちであることを黒幕は知っている。その池上たちが殺され、［世直し］と記された貼り紙が残されていたとしたら……。

「貼り紙を残した者の意図が奈辺にあるか」

と、黒幕は疑心を抱くにちがいなかった。

（その結果、黒幕はなんらかの動きをするはず）

蔵人はそう推断した。

「悪くない手立て」

「［世直し］と書いた紙、用意しておきやす」

「おれは多聞さんや木村、晋作を叩き起こし、準備がととのい次第、出かける」

「わかりやした」

仁七は立ち上がった。身軽な、むだのない動きだった。

見送った蔵人は、刀架に架けた胴田貫に手をのばした。

池上小弥太たちは裏門から屋敷内に入った。奪ってきた金品は風呂敷に包んで背負ったり、手に下げたりしている。夜遊びに出かけて土産物を片手に引きあげてきた。そうとしかみえぬ賑やかな帰邸ぶりであった。

池上小弥太たちは庭を横切り、縁側から屋敷へあがった。隣人たちの迷惑も考えぬ、声高な騒ぎようは相変わらずつづいていた。

戸襖を開けて座敷に入った旗本が行燈に火を入れた。別の旗本が荷を投げ置いた。小判の音が響いた。

「いつ聞いてもいい音だ」

「明日は深川あたりに繰り込むか」

「これだけあれば当分派手に呑み歩けるぞ」

高笑いが上がった。

「あれはなんだ」

笑い声が断ち切られた。

「どうした、樋口」

池上小弥太が振り向いた。

「柱だ。柱を、見ろ」

樋口仙太郎が指差した。視線を向けた池上たちの顔が驚愕に歪んだ。

［世直し］

と墨書された紙が貼りつけられていた。

「悪ふざけしやがって。だれの仕業だ」

池上小弥太が一同を見渡し、わめいた。樋口たちが探って顔を見合わせた。

「悪戯（いたずら）ではない」

声がかかった。凛（りん）とした声音だった。

振り向いた池上小弥太が息を呑んだ。

「結城、蔵人」

庭に蔵人が立っていた。大林多聞、柴田源之進、木村又次郎、真野晋作、安積新九郎らが左右を固めている。

「重ねつづける悪行（あくぎょう）、これ以上見過ごすわけにはいかぬ」

胴田貫を抜きはなった。多聞たちも刀を抜き連れた。

「やはり、蔭の任務についていたのだな」

池上小弥太が吠えた。

「問答無用」

胴田貫を右下に下げ持ち、座敷に向かって走った。多聞たちがつづく。

「斬れ。ひとり残らず始末するのだ」

池上小弥太が大刀を抜きはなった。樋口たちも抜刀する。

縁側に駆け寄った蔵人に、樋口が上段から斬りかかった。刀を撥ね上げられ、伸びきった右脇腹に胴田貫が叩き込まれた。左脇下へと刀身が走る。断末魔の呻きを発し、前のめりに庭に落ちた。見向きもせず蔵人は座敷内へ躍り込んだ。

新九郎と真野晋作は左右から斬りかかっていた。右中段に構えて突き進んだ新九郎は突きをくれた旗本の鎬に刀身を叩きつけ、そのまま滑らせて、切っ先を喉に突き立てた。引き抜くと刃の後を追って血汐が噴き上がった。

晋作も負けてはいなかった。打ちかかってきた別の旗本を、身をかわしざま右からの逆袈裟に切り裂き、返す刀で左から襲いかかってきた者を、袈裟懸けに斬り伏せていた。

庭先には、多聞をはさんで柴田源之進と木村又次郎が身構えていた。座敷から逃がれ出た旗本たちを、迎え撃つための布陣とみえた。

蔵人たちと刃を合わせることなく逃げだした着流しに、柴田源之進が斬りかかった。あやうく身をかわした着流しがよろめく。多聞が突きを入れた。切っ先が着流しの胸板に突きささる。刃先が背中に突き出た。刀を取り落とし、大きく呻いて激しく痙攣（けいれん）した躰から、急速に力が抜け落ち、地面に崩れ落ちた。

木村又次郎は力勝負の鍔迫り合いを演じていた。足先を踏まれた木村が体勢を崩して膝をついた。体重をかけて木村の肩口に刀身を押しつけようとした男の背後で鈍い光が走った。絶叫を発して、のけ反（ぞ）る。姿勢をもどした木村の眼前に、袈裟懸けに大刀を振り下ろした形のまま、油断なく次の敵に備える、多聞の姿があった。

座敷では、入り乱れての剣戟（けんげき）が繰り広げられていた。蔵人はすでに数人を斬り倒していた。新九郎も晋作も必殺の剣を振るっていた。残る敵は数えるほどになっていた。

蔵人は池上小弥太と対峙（たいじ）した。

「だれの命で動いているのだ。いえ」

正眼に大刀を据え、吠えた。

蔵人は応えない。半歩間合いを詰めた。

「三河以来の旗本の勢威を復すべく、われらが日夜呻吟しているというに、おのれは同じ旗本の身でありながら、権勢の手先となって邪魔立てするのか」

顔面が怒りで朱に染まった。

「浮世を捨てた身。もはや旗本ではない」

「なに」

「結城蔵人という名もすでに捨て去ったもの。名無しでもよし。また、呼びたければそれでもよし」

「愚弄するか」

池上小弥太が一歩迫った。

「本来なら戒名がある身。奇しくも命永らえ、戒名代わりに昔ながらの名を名乗っているだけのこと。こころはすでに黄泉の国に棲み暮らす者と知れ」

「詭弁なり。地獄へ行け」

池上小弥太は八双から斬ってかかった。胴田貫の鎬で受け止めた蔵人は睨み据えて、告げた。

「押込みを働き、辻斬りを為すが、三河以来の旗本の勢威を復すことになるのか。恥を知れ」

「亡霊の戯言。聞かぬ」

唾を吐きかけた。瞬きひとつすることなく受けた蔵人の頬を、唾液がつたい流れた。

「閻魔大王になりかわり、地獄への引導、渡してくれる」

背中をあわせるや、肘打ちの一撃を池上小弥太の脇腹にくれた。呻いてよろけた池上小弥太の肩に、胴田貫の袈裟懸けの一撃が炸裂した。

血を噴き散らした池上小弥太は、絶叫を発してその場に崩れた。死力をふりしぼって顔を上げ、いった。

「いえ。蔭の任務に、ついているのだな」

蔵人は、冷ややかに池上小弥太を見据えた。

「裏火盗頭領・結城蔵人」

「裏、火盗。そうか。支配違いにかかわりなく、悪を退治する組織、とみた。裏、火、盗か」

片頬を歪めて薄く笑った。それが最後だった。がっくりと力尽き、顔を伏した。

蔵人は、身じろぎもせず池上小弥太の骸を見下ろしている。

翌夕七つ（午後四時）過ぎ、老中首座・松平定信から、

「支配違いの探索を特に許す」

との書面を下された長谷川平蔵は、若年寄にかわって直参旗本・池上小弥太の屋敷にいた。［世直し］との貼り紙があり、屋敷のそこかしこに物色の跡があった。当主の池上小弥太はじめ十四人の死体が散乱していてた。

「あきらかに盗っ人が押し込んだ上の惨劇とみゆる様子」

との配下目付の報告を受けた若年寄・能勢壱岐守（のせいきのかみ）が機転をきかせ、ひそかに平蔵に通じ、相談の上、なした処置であった。

若年寄が公に乗り出せば、三河以来連綿とつづいた池上家を改易せざるを得なくなる。しかも事は池上家のみでは終わらない様相を呈していた。座敷内のあちこちに徳利が転がっていた。肴や膳も散乱している。座敷には酒の臭いがただよっていた。酒宴を催していたさなかに盗っ人に押し込まれ、不意をつかれたあげく不覚をとったものと推測された。斬り死にした池上小弥太以外の十三人のいずれもが、小普請組の直参旗本であった。

三河以来の直参旗本十四家を不届きのかどで一挙に召し放つ。ひそかになすには事が大きすぎた。

「直参旗本の統制もできぬほど、幕府の組織は揺らいでいるのか」

との声が、諸大名より上がるは必至とおもえた。能勢壱岐守も五千石を拝領する直参旗本である。旗本の面子を保つためにも、事を秘密裡に処理したいとの思慮が働いたとしても、無理からぬことであった。

事が迅速に処理され、事件発覚から半日も経ずして、松平定信よりの書状が下賜されたのは、もともと、

「臭い物に蓋」

とのおもいが、幕閣内に蔓延していたからでもあった。

平蔵は柱に貼り付けられた、

「世直し」

と墨書された紙を見つめていた。

かたわらに松平左金吾の姿があった。

「老中首座より『池上の屋敷のさま、細かくあらためて参れ』とのひそかな命を受けたゆえの参上でござる」

と、いつになく神妙な様子であらわれた松平左金吾だった。

松平定信が命じたことか否か、確かめるわけにはいかなかった。いやしくも松

平左金吾は大身の旗本であり、くわえて定信の甥にあたる血筋の者でもあった。そのことばを疑い、確認の使者を定信のもとに向かわせるのは、あまりにも礼を失することといえた。

平蔵は黙認した。左金吾は自由に屋敷内を歩きまわり、骸の顔あらためを念入りに行った。浪人狩りを仕掛けたおり、捕らえた者がふたりまじっていた。その面を見極めたとき、左金吾は苦虫を嚙み潰した表情を浮かべた。平蔵は、その変容を見逃がしてはいなかった。

「ふたりほど、先般顔馴染みになった者がおりましたな」

問いかけた平蔵に、

「はて、気づきませせなんだ」

と素知らぬ風をよそおったが、それから後は、そわそわと落ち着かぬ様子でいたものだった。が、残された「世直し」の紙を見いだし、にわかに眼を輝かせた。

「やはり「世直し」一味は二本差だったようですな。池上小弥太らの傷口から判じて、かなり腕に覚えのある者たちとみました。長谷川殿には、そのこと、気づかれませなんだか」

力みかえった左金吾の物言いに、平蔵は一抹の不安を覚えた。

（またぞろ先走ったことをしでかすのではないか）

とのおもいが湧いた。

「まだ正式に御役を拝命していない身でありながら、余計なことを口走ってしもうた。聞かなかったことにしてくだされ」

そういった左金吾は、

「老中首座にご報告せねばならぬでな」

と引きあげていった。

見送った平蔵は、

（あの神妙さがいつまでつづくことやら）

と苦い笑いを浮かべた。

四

松平左金吾は平蔵の予感どおりの行動を起こした。性懲（しょうこ）りもなく、再び浪人狩りを始めたのだ。

「将軍家お膝元の江戸府内で、旗本屋敷が盗っ人に襲われるとは、幕府の威信にかかわる不祥事。忠義を尽くすはこのとき。義勇の者を組織し、江戸の治安を守る一助となる所存」

との大義名分を唱えて、町道場数ヶ所に声をかけ、一隊を組織して浪人狩りを始めた。

幕閣の要人たちのなかには松平左金吾の行為を、

「忠誠心の現れ。御役に就く、就かぬにかかわりなくお務めに励む。武士たる者、すべてかくあるべきかもしれぬ」

と、褒めたたえる者まで現れた。そうなると叔父である松平定信も悪い気はしない。

「定められたことから外れたおこない。南北両町奉行所、火盗改メなど治安をあずかる役向き以外の者が、大っぴらに探索を行うは世の秩序を乱すもと」

との長谷川平蔵や月番の江戸北町奉行・初鹿野河内守の再三の進言にたいして定信は、

「しばらくやらせてみよう」

と、応じるのみであった。

浪人者たちは左金吾指揮下の一隊に片っ端から捕らえられ、連行された。抵抗

する浪人は町道場の剣士たちから、

「御上の御用に逆らうとは不届き至極」

と斬りかかられ、よってたかっての攻撃に傷ついたり、怖じ気をふるって降参し、縄目の恥をさらした。

任務についているとはいえ、裏火盗の面々はあくまでも蔭の組織の者たちであった。外見からは浪人者としかみえなかった。浪人狩りが始まる前に、

「松平左金吾が明日より再度浪人狩りを始めるとのこと。御老中より連絡あり平蔵」

との書状を受け取った蔵人は、使者として出向いてきた相田倫太郎に、

「申し訳ないが、原田伝蔵殿の屋敷を張り込む木村又次郎と真野晋作に、ただちに引きあげるようつたえてもらえぬか。できれば、ここまで同道してもらえればありがたい」

と頼んだ。気まぐれな松平左金吾のなすことである。松平定信には「明日から」とつたえていたとしても、今日から浪人狩りを始めているかもしれなかった。

「転ばぬ先の杖。用心するにこしたことはない」

との蔵人の配慮がとらせた手配りであった。

相田倫太郎を送り出したのち、蔵人は雪絵を船宿水月に走らせた。

(仁七と吉蔵に、交代で原田伝蔵を張り込んでもらうしか手はあるまい)

相田倫太郎ら、火付盗賊改方の同心たちに動いてもらうことを、考えないでもなかった。が、相手は旗本である。支配違いの壁は厚い。万が一、原田伝蔵から咎(とが)められ、

「支配違いの探索をなすとは何事」

と公儀に訴え出られたときは、長官たる長谷川平蔵を、退任にも追い込みかねぬことであった。

「神尾十四郎さまと触れ合って、できることならこころを通じ合わせたい」

との吉蔵の気持を、

「ありがたいこと」

と受け取っている蔵人であった。

(おれがしたいことを吉蔵がやってくれている)

とのおもいがあった。

が、いまは十四郎にかまっているときではなかった。池上小弥太の屋敷に「世直し」の貼り紙が残されていたとの風聞は、原田伝蔵にも、背後で謀略をめぐら

す黒幕にもつたわっているとみるべきであった。

(黒幕は原田伝蔵と必ず会合を持つ。その日は近い)

との確信があった。

「原田伝蔵の動きから眼を離すわけにはいかぬ」

つぶやいた蔵人の脳裡を、十四郎と過ごした日々がかすめた。蔵人と十四郎は組み打ちをしていた。投げられても投げられても必死に挑みかかってくる。歯を食いしばった十四郎の澄んだ眼が懐かしかった。

(許せ。十四郎、おれはおまえを救ってやれぬ)

蔵人は、強く顔を打ち振った。去来するさまざまなおもいを打ち払うための所作であった。

鐘ヶ淵(かねがふち)は隅田川、荒川、綾瀬(あやせ)川の合流する三ツ俣(みつまた)のところに位置している。

吉蔵の隠宅はこの鐘ヶ淵ちかくの関屋の里にあった。牛田の辺(ほとり)ともいわれる田畑の拡がる一画に、空き家だった百姓屋を借りうけて住みついてから、かなりの年月が過ぎ去っている。

誘われるまま、神尾十四郎は吉蔵の隠宅に居候をきめこんでいた。どこにゆくとの当てもない身であった。近所の百姓の女房が、食事や掃除などの世話をやいてくれていた。うるさいことをいわない吉蔵との暮らしは気楽で、ささくれだっていたこころを和らげてくれる。十四郎は吉蔵が、

「そろそろお引き取りを」

といいだすまで、

「ここにいる」

と腹をくくっていた。

訪ねてくる者はほとんどいなかった。今朝方やってきた料亭の女将らしい、渋皮の剝けた女が、十四郎が泊まり込んだ翌々日に一度現れただけであった。

「掛け取りだ。無粋な話さ」

と吉蔵は応えたものだった。

朝、わずかなことばをかわして女がさっさと引きあげたあと、吉蔵が、

「釣りでもいかがですかな」

といった。暇はたっぷりある。釣り竿と魚籠を手に岸辺へ向かった。

時折陽射しがさしかかる、過ごしやすい一日だった。

釣りをはじめてまもなく吉蔵がいった。

「神尾さん、のっぴきならぬ急ぎの用事ができましてね。あしたから当分の間、留守にしますよ」

「おれは、どうすればいい」

「留守番がわりに居てくださいな。帰ってきたら、また話し相手になってほしいのでね」

「それは願ってもない話だが」

正直いって吉蔵の真意がわからなかった。なぜこれほどまでに親切にしてくれるのか。十四郎は、おもわず首をひねった。

「正直なお方だ」

好意のこもった口調だった。ことばを継いだ。

「神尾さんは、いつも迷っていらっしゃる。なぜですかな」

「迷っている？」

首を傾げた。たしかにいつも何事かをくよくよと考えている。思案しても決着はつかない。どうどうめぐりを繰り返しているにすぎなかった。

「わからん」

吐きすてて、さらに思案を押し進めた。おもうことのひとつもかなわぬ世の中への不満。どうしていいかわからぬ苛立ち。解決の手立てを求めて悩み、迷う。

黙りこんだ十四郎を、笑みを浮かべてみやっていた吉蔵が、ぽつりとつぶやいた。

「迷う。迷って、いられる。迷いつづけられる。それはそれで幸せなことかもしれませぬな」

「それは？」

ことばの意味を解しかねた。

「迷う、ということはなにかやりたいこと、望みたいことがあるということじゃありませんか。まだおのれの人生に、夢に似たものが残されているということになりゃしませんか」

十四郎は思案に沈んだ。吉蔵がいっていることもわかるような気がする。が、釈然としないものがこころに宿ってもいた。

「あたしみたいな年寄りになると、いつお迎えが来るか、そればかりが気になります。残されたわずかな時間、いつ命が果ててもいいように悔いのない日々を送りたい」

吉蔵は、つづけた。

「寝たきりの病人になったら、ただ命の尽きるのを待つだけ。もう少し生きていたい。命がほしいと、ただそれだけを願って暮らしつづける。選べる望みはただひとつ、命永らえたいということだけ」

「望みはただひとつ。命永らえることを願うだけ、か」

そう考えると、まだ自分には、無数のなすべきことが残されているような気がした。

「なんの望みを持たぬ。それが、日々迷わぬための一番の手立てかもしれませぬな」

「なんの望みも、持たぬ……」

十四郎は吉蔵を見つめた。吉蔵はやんわりと見返した。

「魚釣りにしてもそうじゃありませんか。釣ることだけを目的としていれば魚がとれないと苛立ちが高まる。釣れても釣れなくてもいいとおもえば、心地よい陽射しや、水音が奏でる風雅な調べも楽しめる」

十四郎は川面に眼をうつした。流れが途絶えることなく下っていた。いままで気をつけて見たことのない景色であった。水音もかすかに聞こえてくる。どこかで鳥が囀(さえず)っていた。

「川辺には、いろいろな景色があるのだな」

十四郎がぼそりとつぶやいた。

吉蔵が微笑った。

「心そこにあらざれば見れども見えず、といいます。ようは考え方と気の持ちようで」

「吉蔵さんには迷いはないのか」

「迷っておりますとも。これでいいのか、このままでいいのか、と毎日些細なことで迷いっぱなしでございます。迷うことは生きている証でもございます」

「そうか。迷うことは、生きている証か」

「死んだら死んだで、新たな迷いが生じるかもしれませぬ。それはそれで、あの世のこと。この世の迷いとは別物でございます」

「この世の迷いは、死ねば終わりか」

「わたしは、そう考えております」

十四郎は黙った。

（死に直面したとき、おれは何を望むだろうか。立身出世して得る権勢か。大金を握っての贅沢三昧か）

そのどちらも、死に行く身には無価値なものとおもえた。

「おれの、いのち。おれだけの、おれのいのち」

無意識のうちにつぶやいていた。

吉蔵は無言で川面の浮子を眺めている。浮子は流れに身をまかせ、右に左に小刻みに揺れ、浮いたり沈んだり、一時として同じところに留まっていなかった。

その浮子を十四郎も眺めている。

（浮子にとって、それは自然な動きなのだ。右に左に、上に下に、揺れて漂う。それが、自然な……）

十四郎は肩から力が抜けた気がした。呆けたように浮子を見つめつづけた。

原田伝蔵は屋敷の庭に立ち、抜きはなった刀を見据えていた。微動だにしない。すでに小半刻（三十分）は過ぎ去っていた。
原田伝蔵が修めた無住心剣流は、
〈相手も殺さぬ。自らも死なぬ〉
との「相抜け」の境地を究極とする、まさしく「剣はこころなり」を極意とする、いわば平和の剣といってよかった。

（その無住心剣流を学んだおれが、暗殺に手を染め、何人かの命を奪ったのだ）

忸怩たるおもいがあった。綾と暮らしはじめてからというもの、こころが鬱々として晴れたときはなかった。榊原摂津守の誘いに乗ったのも、半ば、

「どうにでもなれ」

という気持があったからだった。榊原摂津守の、

「三河以来の旗本の威勢を開府時に復する。そのためには松平定信を失脚に追い込み、われらの望みを叶えてくれるお方を、権力の中枢に送り込まねばならぬ」

とのことばを鵜呑みにしたわけではない。むしろ、

「事の成就は難しかろう」

とおもっていた。池上小弥太や竹本三郎次ら破落戸同然の暮らしをつづける旗本たちを仲間に引き入れたのも、旗本の面汚しどもを葬るには、絶好の機会と判じたからだった。その池上小弥太たちは、先夜、何者かに斬殺され、すでにこの世の者ではない。

心がかりは、押込みのための足場とすべく開いた寺子屋だったにもかかわらず、その実体に気づかず、

「小普請組のままでは何事もなしえませぬ。習い覚えた学問など、世の役に立て

たい」

と真摯な気持で、師匠の役向きを志願してきた旗本たちのことであった。これらの者たちも、池上たちと群れあううちに榊原摂津守の主張する、

「三河以来の旗本の威勢を開府時に復する」

との考えに共鳴し、いつしか押込みや暗殺に手を染めるようになっていた。

（すべておれの不徳が生みだしたこと。どこかで黒白をつけ、もとの平穏にもどしてやらねばならぬ）

原田伝蔵はそう決意していた。

星ひとつない夜だというのに、手にした大刀は鈍い光を発していた。何人かの血を吸った刀であった。

「結城、蔵人。必ず斬る」

呪文に似たつぶやきであった。大刀を大上段に振りかぶった。振り下ろす。凄まじい剣風が空を切り裂いた。

微かな物音がした。常人なら聞き逃がすその音を、原田伝蔵の耳は明確にとらえていた。

「曲者」

いい放つや、表門へ向かって身を翻（ひるがえ）した。

表門の小門の閂（かんぬき）を外した綾は、片戸の門扉（もんぴ）に手をかけた。一方の手に風呂敷包みを抱えている。所用で外出するには適さぬ時間といえた。

綾はぐるりに警戒の視線を走らせた。様子からみて、ひそかに屋敷を脱け出ようとしているのはあきらかであった。

まさしく綾は、鎌倉の東慶寺へ向かおうとしていた。離縁を決意した妻が寺内に駆け込めば、夫との離別が認められるとの特別の決め事があったため、東慶寺は縁切り寺、駆け込み寺とも呼ばれていた。別名を松岡御所、松岡尼寺といい、格式の高い尼寺でもあった。

小門から出ようとした綾の耳に、風切音が飛び込んできた。見やった綾の眼前、門扉に小柄（こづか）が突き立った。

飛来した方に目を向けた綾の面（おもて）に驚愕が走った。

迫り来る原田伝蔵の姿があった。大刀を鞘ごと腰から抜きはなつ。大きく跳躍した。

綾は、金縛りにあっていた。身動きひとつできず、棒立ちとなっている。その肩に、振り下ろされた刀の鞘が炸裂した。門扉にもたれかかるように崩れ落ちる。すでに気を失っていた。

冷ややかに見下ろして、原田伝蔵が吐きすてた。

「どこにも行かせぬ。だれにも、渡さぬ。綾、おまえは命尽きるまで、おれの妻だ」

青白い嫉妬（しっと）の炎が、その眼（まなこ）で激しく揺れていた。睨み据え、原田伝蔵は、憤怒に躰を震わせて、立ちつくした。

五

深編笠に着流しといった出で立ちで、黄昏時の江戸の町をゆっくりと歩くひとりの浪人がいた。粗末な木綿（もめん）の小袖を身にまとっている。貧窮が躰全体から滲み出ていた。

建ちならぶ大店（おおだな）の何軒かは、店を閉める準備にかかっていた。すでに大戸を下ろした店もあった。昼間は殷賑（いんしん）を極める日本橋の通りも、道行く人々の姿はまばらなものとなっていた。

浪人は時々大店の前に立ち止まっては、深編笠の端を持ち上げ、見つめる。様子を探っているとしかおもえない仕草だった。

町家の蔭から、浪人に鋭い視線をそそぐ四人の男がいた。木綿の小袖に袴姿。面擦れが顔にあるところからみて、かなりの剣の修練を積んだ者たちとおもえた。風体から主持ちの武士とはみえなかった。どこか崩れた印象が、衣服の着こなしにあった。

「胡乱な奴」

「声をかけるか」

「我が道場の業前、見せつけてくれようぞ」

町道場の弟子たちとおもえる四人は、浪人に向かって歩み寄った。踵を返した浪人を取り囲む。正面に立ちふさがった弟子が居丈高にいった。

「旗本・松平左金吾様配下の者だ。不逞な浪人者とみた。同道されたい」

浪人は無言でいる。

「返答されたい」

弟子が迫った。

「先を急ぐ。どかれよ」

一歩足を踏み出した浪人の行く手を、別の弟子が遮った。

「一緒に来いといっておるのだ」

「腕ずくでも連れて行くぞ」

弟子が刀の鯉口を切った。

「無体（むたい）な。斬り合いを仕掛ける所存か」

浪人は動じない。落ち着きはらった態度が弟子たちをかえっていきり立たせた。

「胡乱な奴。逃がさぬ」

刀を抜きはなった。他の弟子たちも刀の柄に手をかけた。

浪人はゆっくりと弟子たちを見渡した。

「無益な争いをする気はない。つきあおう。ただし」

「なんだ」

「深編笠はとらぬ」

「かまわぬ。が、取り調べのときはとってもらうぞ」

「承知」

応えた浪人を包囲して弟子たちは歩きだした。浪人は、胸を張って悠然と歩をすすめていく。

松平左金吾は濡れ縁に腰を下ろした。庭先に町道場の面々が、江戸の町々から連行してきた数十人の浪人が坐らされていた。なかにひとりだけ深編笠をかぶった者がいる。

「そこな浪人。深編笠をとれ」

松平左金吾は横柄な口調で告げた。

「とってもいいのか。引っ込みのつかぬことにならねばよいが」

深編笠の浪人の声に、聞き覚えがあるような気がして首を傾げた。が、すぐには思いだせなかった。

「かまわぬ。とれ」

「とるぞ。よいのか」

「とれ、といっておる」

「わかった」

浪人が深編笠をぬいだ。

松平左金吾の顔が驚愕に歪んだ。

「おぬしは……」

深編笠の下から現れた顔は、長谷川平蔵その人のものだった。

「名乗ってよいかな」

「そ、それは」

口ごもった。

「ここまできたら名乗らねばなるまいの。火付盗賊改方長官・長谷川平蔵でござる」

松平左金吾の傍らに控える、平蔵を連行した弟子を鋭い眼で睨み据えた。

「おぬしたちは、あのような脅し半分のやり方で、浪人たちをとらえておるのか」

弟子たちは俯(うつむ)いた。

「応えよ。返答次第では、火盗改メの手の者を差し向けることになるぞ」

厳しい声音だった。

「長谷川殿。すべて与えられた役向きを果たそうとしてやったこと。この場はまるく」

松平左金吾のことばを平蔵が遮った。

「松平殿。場を変えて話をしませぬか。長谷川平蔵、役目柄、見て見ぬふりをしてすませられることと、すませられぬことがございますでな」

「まずは別室にてご意見拝聴仕る。なにとぞよしなに」

松平左金吾は手の甲で顔に浮き出た脂汗を拭った。

平蔵と松平左金吾は、奥の座敷で向かい合って坐っていた。

「御老中にこのこと報告いたさねばなるまいの」

「それは」

平蔵から視線をそらして、松平左金吾は口ごもった。

「御老中に知られて都合の悪いことがおありかな」

「いや、それは」

「都合が悪いことがあるのなら、向後、不都合はなされぬことですな」

「それでは」

縋(すが)るような目で平蔵を見やった。

「今日かぎり浪人狩りをお止めになると約定されるなら、此度(こたび)のこと、見ざる・聞かざる・言わざるの三猿をきめこんでもよい。いかがか」

有無をいわせぬ平蔵の口調だった。

「本日かぎりで、止めまする。なにとぞよしなに。叔父上には、是非にもご内聞にお願いしたい」

松平左金吾は膝に手を置き、深々と頭を垂れた。

平蔵は無言で見つめている。


原田伝蔵は深川へ向かっていた。榊原摂津守から急な呼び出しがあり、出かけたのだった。若党に綾を外出させぬよう命じていた。

昨夜、気絶から覚めた綾を詰問した。綾は、

「東慶寺へ駆け込むつもりでございました。覚悟は決まっております。あなた様との暮らし、これ以上つづける気はありませぬ」

といいはなち、凍りついた目で睨みつけた。

逆上した原田伝蔵は綾を素裸に剝き、凌辱した。最初は抗っていた綾だったが、やがて息も絶え絶えに喘ぎはじめ、躰を小刻みに震わせて何度か歓喜の声をあげた。

綾が肉の歓びに悶え、高まっていくにつれて、原田のこころにはいいしれぬ空洞が、拡がっていった。汗にまみれた綾がぐったりと横たわり、惜しげもなく艶な姿態を曝したころには、いいようのない空虚さにとらわれていた。なぜだか理

由はわからなかった。ただ無性に寂しかった。

急に独りになりたい衝動にかられた。綾を残し、逃れるように隣室へ去った原田は、呆けたように中天を見つめて坐りこんだ。泣きたくもないのに涙が浮き出て、頬を濡らした。おのれの魂が手の届かない、どこか遠くへ飛び去った。そんな感覚に襲われてもいた。

いつのまに寝入ったのか、抜け殻と化した原田伝蔵が、そこにいた。気がつくと全裸のままでいた。衣服を身につけ庭へ出る。原田は寒さに目ざめた。大刀を抜き放ち、習い修めた無住心剣流の業を繰り返した。刀を打ち振るうちに気力が甦ってくる。いつしか無心に剣を振るいつづけていた。


原田伝蔵を吉蔵が、吉蔵の後を仁七が尾けていた。無言(しじま)といわれた吉蔵の気配を消す業はさすがだった。尾行が気づかれることはなかった。

暮六つ（午後六時）を告げる時鐘が鳴り終わるころ、原田伝蔵は深川八幡近くの料亭［吉粋(きっすい)］に入った。見とどけた吉蔵は、仁七の到着を待って吉粋へ繰り込んだ。迎えに出た仲居に、それとなく小銭を握らせた吉蔵は、

「さっき入ってきたお侍さんの近くの部屋に案内してくれ。できれば隣りだとあ

りがたい。御用の筋ではないんだ。ただ世話になった方の娘御の旦那さまでね。いろいろと心配事があるらしい」

と耳打ちした。呑み込み姿でうなずいた仲居は、吉蔵たちを一部屋はさんだ座敷に案内した。

坐るなり吉蔵は仲居にさらに銭を摑ませ、

「原田さまと待ち合わせたお方の名を知りたい。それとなく探ってくれないか。手立てはまかせる。迷惑はかけないからさ。手間賃ははずむよ」

と、ひとことつけくわえて頼み込んだ。

待ち合わせた者たちは用心深い質（たち）らしく両隣りの座敷まで借りきっていた。

「人に聞かれちゃまずい相談でもするつもりとみた。尋常じゃねえ座敷の使い方だ」

吉蔵はそう判じた。仁七も同じ考えだった。

原田たちの座敷から、芸者衆の嬌声（きょうせい）と三味線の音色が漏れ聞こえてきたのは、入ってから半刻（一時間）ほど後のことだった。

「話し合いに半刻もかかるなんて、どんなことなんだろうね。すんなり話がつかなかったたか。段取りが細かくて、打ち合わせるのに時間がかかったか、どちらかだろうね」

卓袱台に並べられた肴をつまみながら、吉蔵は首を傾げた。仁七はつづくことばを待った。が、吉蔵が口をひらくことはなかった。

一刻（二時間）ほどたって宴はお開きになり、原田たちは吉粋から出ていった。この間に、待ち合わせた者が何者かを仲居が知らせてくれていた。絹問屋備後屋作兵衛、札差室町屋伊佐蔵、米問屋大洲屋儀助の三人が宴席を設け、大目付・榊原摂津守と原田伝蔵を接待したということであった。

榊原摂津守と聞いて、吉蔵と仁七は眼を見交わした。その眼が、

「榊原摂津守こそ、原田伝蔵一味を操る黒幕に違いない」

と語り合っていた。

さらに確かめるべく、吉蔵と仁七は榊原摂津守の後を尾けた。料亭吉粋で手配りした宝泉寺駕籠に乗った榊原摂津守は、まっすぐに屋敷へ帰った。屋敷の場所を見極めたふたりは水月にもどり、切絵図を開いてだれの屋敷かあらためた。榊原摂津守の屋敷に違いなかった。吉蔵がいった。

「明朝早々に結城さまのお宅へ出向き、榊原摂津守たちのこと、お知らせしなきゃいけないね。奴ら、近々何か新たな悪さを仕掛ける気でいるよ」

仁七は黙って、首肯した。

翌夕七つ半（午後五時）、結城蔵人は船宿水月二階の、いつもの座敷で長谷川平蔵と向かい合っていた。蔵人が仁七を走らせ、石川島人足寄場へ出向いていた長谷川平蔵に急ぎの呼び出しをかけたのだった。平蔵は揚場の番所で、着流しに深編笠というういつもの忍び姿となって、いましがた水月に着いたばかりだった。

座につくなり、いった。

「仁七から聞いた。黒幕の目当てがついたようだな」

「無言の吉蔵と仁七が働いてくれました。大目付・榊原摂津守が、三人の商人たちとともに、原田伝蔵と何やら密談を交わしたとのこと」

「三人の商人？」

蔵人は備後屋作兵衛らの名をあげた。平蔵は、しばし黙った。記憶の糸をたどっている顔つきだった。

蔵人は、黙して待った。

「そうか。そういうことか」

ぽつりとつぶやいた。蔵人が、片膝すすめて問うた。

「何か、引っかかるものがありますかな」

「備後屋作兵衛ら三人、いずれも田沼時代は公儀御用達をつとめていた商人。賄をおくりつづけ、政を歪めた因をつくりし罪軽からずと断じられ、御老中の一存で公儀御用から外された者たちだ」

「それでは狙いは」

「御老中の失脚。それしかあるまい。確実に失脚させ得る秘策が、ひとつある」

蔵人の脳裡に閃くものがあった。

「もしや原田伝蔵が呼ばれたのは」

「その、もしや、よ。大目付・榊原摂津守は御老中暗殺を企んでおるのかもしれぬ」

蔵人は黙った。襲うとすれば、いずこであろうか、と思案する。平蔵のことばが蔵人の思考を断ち切った。

「榊原摂津守は田沼様の時代がつづいておれば、大名に引き立てられたかもしれぬ。表向きは、田沼様にさほど接近していたとも見えなかったが、蔭では事細かく御機嫌をうかがい、賄の総額は半端なものではなかったそうな」

「それでは榊原摂津守は、田沼様に代わる幕閣の大物に渡りをつけ、ふたたび大名へ立身する野望を達しようと」

「おそらくそうであろう。榊原摂津守はつねに保身を考えながら行動している男じゃ。決しておのれが矢面に立とうとはせぬ。他をたきつけて動かし、漁夫の利を得ようと画策する、狡知にたけた奸臣といえよう」

「公儀御用達を外された三人の富商の強欲につけ込み、資金を供出させ、冷遇の不満をもちつづける小普請組の旗本たちをあおった。そういう図式ですか」

「蔵人。実は、御老中は二日後、ひそかに芝・増上寺に幕政改革の成就祈願に出向かれるのじゃ。そのこと、幕閣の要職にあるものしか知らぬ」

「わずかな供を連れただけのお忍びの祈願。襲撃には絶好の機会」

「池上小弥太の屋敷の柱に［世直し］と墨書された紙が残されていたこと、すでに榊原の耳にも入っていよう。何者か知らぬが探索の手が伸びている。事の決着は急がねばならぬ、と焦ったのかもしれぬな」

「［世直し］の貼り紙、おもった以上の衝撃を悪人どもにもたらしたとみるべきかと。いいだした仁七を誉めてやらねばなりませぬ」

うむ、と平蔵は笑みを含んでうなずいた。首を傾げて、いった。

「さて、御老中にどうつたえるか、だ。あのご気性だ。身に危険が迫っているとわかっても、増上寺への参詣は決行なさるであろう。供の人数は多少は増やされるであろうがの」

「何もお知らせせぬほうがよろしいかと」

「それでは、みすみす御老中の暗殺を許すことになるではないか」

「暗殺が決行されぬ場合もございましょう。そのとき、御老中からどんなお咎めがあるかしれませぬ」

「……そうよな。完璧主義の御老中のことだ。証拠もない、ただの風聞を大事(おおごと)らしく言い立てて粗忽者(そこつもの)め、と軽くて叱責。最悪の場合は謹慎ぐらいの処断はあるやもしれぬ」

「御老中暗殺のこと、いまはわれらの予測にすぎぬこと。確かめるには時が足りませぬ。この上は、われら裏火盗がまず蔭の護衛の第一陣をあいつとめ、全滅せしときに備えて、第二陣を火盗改メにて、ひそかに組織されるが最良の策かと」

平蔵は、黙り込んだ。眼を閉じ、腕を組む。

沈黙が、その場をおおった。

眼を見開き、いった。

「その策しかないようだな」

ことばをきって、見据えた。

「よいか、蔵人、決して無理はするな。われらは幕府直属の臣。公儀のために働く。それがわれらの忠義じゃ。最悪の事態となっても、御老中の代わりはおる。命はひとつぞ。このこと、肝に銘じておけよ」

「……そのこと、こころに深く刻みおきます」

蔵人は、じっと平蔵を見つめた。視線を受け止めた平蔵の眼には、心底蔵人の身を案ずる慈愛が溢れていた。

（武士はおのれを知る者のために死す、という。おれにとっては公儀への忠義など、どうでもいいこと。武士として納得しうる死に場所を与えてくれた、長谷川様への信義こそ貫かねばならぬ一事。そのために、おれのいのちを、すべてを、賭ける）

蔵人のなかで、闘魂の炎が大きく燃え上がった。

第五章　帰趨（きすう）

一

鉛色の、重たげな雲が垂れ込めていた。貞岸寺から読経の声が聞こえてくる。朝から蒸し暑かった。ときおり、みょうになま暖かい風が、ねっとりとからみつくように、頰を嬲（なぶ）って通りすぎていった。結城蔵人は濡れ縁にあぐらを搔いて坐り、眼を閉じている。

明日に迫った、松平定信の増上寺参詣のさいの警固の手立てを思案していた。松平左金吾の浪人狩りを避ける意味もあって、表の顔を町医者としている大林多聞以外の柴田源之進、木村又次郎、安積新九郎、真野晋作らは外出を控え、剣の錬磨や探索覚えの作成などに時間（とき）を費やしていた。その浪人狩りも、長谷川平蔵の、自らを囮（おとり）とした奇策が功を奏し、昨日から取り止められている。が、蔵人は、木村らにはあえて待機の命をくだしていた。

原田伝蔵の張込みは、仁七と無言（しじま）の吉蔵にまかせていた。いきなり原田伝蔵が動き出す場合もある。そのおりには仁七か吉蔵のいずれかが、蔵人につなぎをつけてくる手筈になっていた。

「皆で対処せねばならぬ事態もあり得る」

との考えがあっての下知であった。

蔵人は松平定信の上屋敷から、増上寺への道筋を思い描いた。どこで襲ってくるか、危険性の高いところを、次々と想定していく。何の脈絡もなく頭をもたげてきた思考があった。おのれの血筋のことであった。

結城蔵人は御神君・徳川家康の嫡男（ちゃくなん）・岡崎三郎信康（おかざきさぶろうのぶやす）の血流を引く者である。御三卿・田安宗武（たやすむねたけ）を父に、八代将軍・徳川吉宗を祖父に持つ松平定信とは縁戚関係にあたる。かつては、

（同じ徳川の血を引く者が一方は将軍、大名となり、おれは小身旗本として扱われる。このこと、我慢できぬ）

と憤懣（ふんまん）に身を震わせたこともあった。が、いまでは、

（おのれの得心で死に様を決められるおれのほうが、気儘に浮世を過ごしてい

る）

とおもいはじめていた。負け惜しみではない。蔵人は、いま、こころの命じるまま、悔いのない日々をおくっていた。

（この世の理不尽を糺し、悪を屠る。この務め、おれにあっている）

心底、そうおもってもいた。

蔵人の思考は、つねに気にかかっている事柄にうつっていった。神尾十四郎のことであった。吉蔵から、

「神尾さまには隠宅の留守番をお願いしております。いままでは、日々庭に出て真剣での剣技の鍛錬をなさったり、時折手伝いに来てくれる、農家の女房の農作業を手伝いにいかれたり、魚釣りなどをして過ごしておられました」

と聞かされている。さすがに年の功だった。吉蔵は張込みで家をあけるときに、十四郎を追い出すことはしなかった。気儘に過ごせる境遇をあたえていた。十四郎を弟のように感じている蔵人にとって、ありがたい心配りであった。

「いろいろと、すまぬ」

と頭を下げた蔵人に、

「そんなことはなさらないでくださいやし。あっしは神尾さんが好きなんでさ。

素直で、生一本なところがある。急かせないで、のんびりと待つことにいたしゃしょう」

と応じたものだった。

（一日も早く、おのれの居場所を見いだしてくれることを願うしかない……）

蔵人は十四郎におもいを馳せた。

神尾十四郎は相変わらず迷っていた。吉蔵のいった、

「迷うことは生きている証でもございます」

とのことばに囚われていた。ひとつだけ変わったことがあった。

（迷いと真っ正面から向き合うのだ）

との強いおもいが生まれていた。

吉蔵が出かけてからというもの、日がな一日釣りをして過ごした。魚を釣るのではない。餌もつけずに釣り糸を垂らし、浮子の動きをじっと眺めている。川の流れのままに揺れ動く、千変万化する様相に見入っていた。

水の奏でる調べ。青草をかきわけて顔を出している、昨日まで咲いていなかった野花。すべていままで気づくことのなかったものであった。日々の自然のうつ

ろいが、新たな発見と驚嘆を与えてくれていた。

（天地は何百、何千年、営々と変わることのない営みをつづけているのだ。おれの命の営みなど、ほんのわずかのものでしかない）

そうおもうといままで悩んでいたこと、迷っていたことが実に些細な、くだらないことにおもえてきた。

迷いのひとつひとつを解きほぐし、おのれひとりで解決のつくことと、つかぬことの区分けをしていく。いつのまにか十四郎は無意識のうちにその作業をつづけていた。

（おれの力を認めてくれぬ。おれはもっと世に出ていい、優れた人材なのだ。血の出るような剣の修業は、何のためだったのだ）

そうおもいつづけ、人の世の冷たさを呪い、恨み、不満を抱きつづけてきた。そのことと、坐して、ただ思案しているのとは、見た目がちがうだけで、他に働きかける努力をつづけないという意味においては、似た様なものではなかったのか。

（いままでおれは何をやっていたのだ。他人にやってもらうことだけを考え、地位など、望むものを与えてもらえなければ恨み、怒る。おのれがそれを得るため

に何をしたのか。世の仕組を呪っただけではないのか。まさしく他力本願以外の何ものでもなかったのではないのか）

だとすれば、おれは他力本願を望みつづけていたことになる。こんどは、他力本願という一言にとらわれ、思案の淵に沈み込んだ。

この世の仕組をおれ独りの力で変えられるのか、と問いかけた。答は「否（いな）」であった。

（いままでおれは、独りの力で世を変えることができると、勘違いしていたのではないのか）

認めたくなかった。認めれば、おれには何の力もない、と認めることになる。

（おれにできることは何だ）

剣の修業を積んだ、とこころの声が応じていた。他にできることは何ひとつおもいつかなかった。

浮子は川の動きにまかせて、揺れつづけていた。ぼんやりと眺めているうちに、ひとつのことに気がついた。

浮子はいかなる場合でも、その姿を川面に出していた。あるときは横向きに全体を、あるときは先端だけをわずかにさらしていた。

（が、浮子は、つねにおのれの存在をしめして、その姿を顕（あらわ）しているのだ）

衝撃が十四郎を襲った。何かが、躰のなかで弾けていた。衝撃の実体を求めて、探った。すべてが曖昧模糊（あいまいもこ）としていた。

（何事にたいしても、いままでおのれが修得した業、学んだ知識のなかでしか是非の判別はくだせぬのだ。おのれの力以上のことを望んでも、それは高望みというもの）

苦い笑いが込み上げてきた。すべてが半端で、おれにできることなど、何もないとの自嘲が籠もっていた。

不意に、この岸辺で聞いた吉蔵のことばが耳に甦った。

「なんの望みも持たぬ。それが、日々迷わぬための、一番の手立てかもしれませぬな」

なんの望みも持たぬ。その一言がさらなる問いかけをしてきた。答を、追い求めた。

（なんの望みも持たぬ、とは他に頼るこころを捨て去る、ということに通じるのではないのか）

そうおもいいたったとき、十四郎の思考が切り替わった。

「他の力は頼まぬ。いまこのとき、おれ独りでできることは、やりたいことは、何だ。何なのだ」

ことばにして、おのれに問いかけていた。十四郎はいまだ迷走のなかにいた。

その朝、十四郎は原田伝蔵の屋敷へ向かっていた。振り返ると、いましがた渡ってきた、隅田川に架かる大川橋が見えた。

（雪絵さんを逃がした夜、あの大川橋の欄干にたたずんでいて、吉蔵さんと出会ったのだ。あのときが、おれの運命の分かれ目だったのかもしれぬ）

いまは、覚悟が決まっていた。なすべきことを見いだしたといってもいい。

迷いつづけたあげく、何の望みも果たせぬ身と覚ったとき、

（せめて人の役に立って死にたい）

とおもった。

（だれの役に立ちたいのか）

と繰り返し考えぬいた。何度考えても、最後に行き着く人物。それが、

「結城蔵人」

だった。

十四郎が、真摯に純粋に生きた、目標に向かって頑張ったと、自信をもってい
い切れる時期は、蔵人とともに武術の鍛錬に励んだころであった。久しぶりに再
会した蔵人は、むかしと変わらぬ態度でつきあってくれた。ときおり、気がかり
な視線を向けてきた。その目線はあたたかな、優しさが籠もっていた。
(蔵人さんこそ、おれにとって唯一無二の、かけがえのない人なのだ)
その蔵人を狙っている人物がいる。妻・綾が蔵人を慕いつづけていると知り、
嫉妬の炎を燃やす原田伝蔵が、その男であった。
(立ち合えば、相討ちか最悪の場合は蔵人さんがやられる)
十四郎は、無住心剣流の達人である、原田伝蔵の腕のほどは十分すぎるくらい
知りつくしていた。
(死なすわけにはいかぬ)
蔵人が蔭の任務についているのはあきらかだった。その務めに生き甲斐を感じ
ているのは、日頃の様子からうかがえた。
(おれの果たし得なかった、おのれの誇りとする職務を全うしてもらいたい)
心底、そうおもった。蔵人が務めを見事果たしぬくためには、原田との血闘に
勝利しなければならない。そこに思案が行き着いたとき、十四郎のなかにひとつ

の決意が生まれた。

(おれが原田伝蔵と仕合う。身を捨て、決死の覚悟で挑めば、相討ちも夢ではない)

一度剣をあわせた相手である。腕の差は歴然としていた。到底勝てる相手ではなかった。敗れ、血反吐を吐いて地に伏しても悔いはなかった。ただ、

「不甲斐ない十四郎をお笑いあれ。これが精一杯でござった」

と、蔵人に詫びながら死んでいくのみであった。

原田伝蔵の屋敷は間近に迫っていた。近づくにつれ、十四郎のこころは穏やかなものにかわっていった。不思議だった。大川橋を渡るまでは、胸苦しさを覚えるほどに高まっていた。それがいまでは、冴(さ)え渡った神経が、踏みしめる大地の音を聞き分けている。日頃は気にかけたこともない、おのれの足音だった。

歩みをすすめる十四郎の足が止まった。前方の原田伝蔵の屋敷の、表門脇の小門から武士が出てきた。一味の旗本のひとりだった。つづいて、別の旗本が姿を現した。十四郎は反射的に町家の蔭に身を隠していた。

明六つ(午前六時)にはまだ時間(とき)があった。出で立ちから見て、遠出とはおもえなかった。近場へ遊びに出かけるには早すぎる時刻だった。

つづいて門から歩み出た原田伝蔵は、ゆったりとした足取りで立ち去っていく。数人の旗本たちがつきしたがっていた。旗本たちの様子が、いつもと違っていた。気色ばんでいるのが遠目にもわかった。

（暗殺でも仕掛けるのかもしれぬ）

十四郎は事の成り行きを見極めたいとおもった。十分な距離をおいて、ゆっくりと歩き始めた。

石原町の町家の蔭に隠れていたのは、十四郎だけではなかった。仁七と吉蔵が商家の裏口へ通じる路地脇に身を潜めていた。

原田たちが遠ざかったのを見とどけ、路地から通りへ出ようとした仁七の袖を押さえて、吉蔵が引き留めた。

訝しげに振り向いた仁七にいった。

「見な」

吉蔵の目線の先を追った仁七の顔に、驚愕が浮いた。

「神尾さん……」

町家の軒づたいにやってくる十四郎がいた。あきらかに原田たちを尾行している様子とみえた。

「隠れるんだ」

吉蔵につづいて、慌てて仁七が物蔭に身をうつした。

眼の前を十四郎が通り過ぎていった。

「何のつもりで……」

仁七のつぶやきに吉蔵が応じた。

「原田たちの仲間にもどる気はなさそうだ。しばらく様子をみようかね」

仁七が、うなずいた。

「行き着く先は同じところさ」

吉蔵が立ち上がり、通りへ足を踏み出した。身軽に、仁七がつづいた。

二

三縁山増上寺は広度院と号し、浄土宗鎮西派の大本山である。関東十八檀林の随一で上野・寛永寺と学場の名誉を競った古刹であった。徳川氏の菩提所でもあり、秀忠、家宣、家継、家重の廟が建立されている。参詣客で賑わってはいるが、増上寺には待ち伏せに適する寂寞な処が、広大な境内のあちこちに点在していた。

松平定信は供数名を連れただけの、まさしく忍び姿での参詣であった。定信が屋敷を出たときから、蔵人たち裏火盗の面々は見え隠れに尾行していた。たがいに見知らぬ風をよそおい、一行からつかず離れず歩みをすすめる。

深編笠をかぶった蔵人は、散策へぶらりと出かけてきた江戸勤番侍にみせた暗褐色の木綿の小袖、深川鼠に千筋模様の袴姿だった。前方からの襲撃に備えて、蔵人を先頭に、安積新九郎、真野晋作、木村又次郎、柴田源之進、大林多聞と身軽に動ける順に位置して、尾行をつづけていた。いずれも勤番侍としかみえぬ粗末な出で立ちをしていた。

定信たちは蔵人らの尾行には気づいていないようだった。蔵人は、定信は御神君の像を安置する安国殿に詣で、幕政改革成就の祈願をすると推察していた。本殿にのぼって仏式に則った住持の祈願を受けるのなら、それなりの供揃えをして、増上寺へ向かうはずであった。

「お忍びで出かけられる」

との長谷川平蔵のことばどおり、定信は改革成就祈願を、あくまで隠密裡に行う腹づもりとおもえた。

蔵人は絵図を見て諳じた、増上寺の境内図を頭で思い描いた。大門を入って、観智院と安陽院の間の脇道を左へはいる。学寮の建ちならぶ一画を抜けて恵眼院と宝松院の間を右折すると飯倉天神への参道となる。その先、さらに奥まったところに安国殿があった。周囲には木々が生いしげり、身を潜めるには格好の一帯であった。

蔵人は仁七と吉蔵に原田伝蔵を張り込ませていた。定信暗殺に動くとはかぎらない。別行動をとったときにたいする備えであった。蔵人と平蔵の推測どおり、暗殺が決行されたら仁七たちと合流することになる。蔵人たち裏火盗が形勢不利となれば、仁七が、七軒町の町家で待機している、平蔵たち火盗改メの一隊に知らせに走る段取りとなっていた。

安国殿は間近に迫っていた。定信が安国殿の鳥居をくぐったところで、ぐるりの木々の蔭から、抜刀した黒覆面の一団二十数人が足音高く襲いかかった。

通りの左右に立ちならぶ、雑木の蔭をつたって尾行していた蔵人たちは、一斉に飛び出し、走った。

深編笠を脱ぎ捨てた蔵人は、胴田貫の鯉口を切った。抜き放つ。新九郎らも刀を抜き連れた。

定信は恐怖に顔をひきつらせていた。家臣のひとりはすでに斬り倒されていた。守って戦う他の者たちも、容赦ない太刀筋にみるみる追いつめられていった。

鉄と鉄をぶつけあう鈍い音がひびく。ほどなく朝五つ半（午前九時）であった。騒ぎを聞きつけた学僧数人が姿を見せたが、巻き添えを食うのを怖れたか、すぐに僧坊へ消えた。

定信はへっぴり腰に大刀を構えていた。切っ先が揺れている。日頃刀を持ったことがない不様さを露呈していた。黒覆面のひとりが斬りかかろうとした。定信が刀を振り回して、ことばにならぬわめき声を上げた。

「徳川幕府は武士の政権。その政を預かる老中首座様が見苦しゅうござるぞ。剣術を学ばれたとは、とてもおもえぬなまくらな腕前。しょせん家来に負けてもらっての修業。真剣での斬り合いでは何の役にもたたぬ」

黒覆面がせせら笑った。眼に凶暴な光があった。

「無、無礼であるぞ。来るでない」

さらに激しく刀を左右に振った。

「お命頂戴」

猫が鼠を嬲るようにゆっくりと一歩迫った。あきらかに定信を見くびった動きだった。その油断が定信の命を救った。

「斬るぞ」

刀を振りかざした。定信は眼と口を裂けんばかりに大きく開いて、絶叫した。

黒覆面の背後で閃光が走った。黒覆面がのけ反って、たたらを踏む。よろめいて、倒れた。背後に、胴田貫を右下段に構えた蔵人がいた。

「結城、蔵人。来てくれたのか」

「私から離れぬように」

いいつつ、定信の前に立った。

「暗殺隊が仕掛けてくること、察知していたのか」

「確たる証拠がありませなんだ。御老中が、増上寺へ改革成就祈願に参詣されると長谷川様よりお聞きし」

「ひそかに護衛してくれたのか」

「如何様（いかさま）」

「気配り、すまぬ」

「長谷川様も万一に備えて、手の者をひきいて、大門脇の茶屋にて待機されております。裏火盗の者が、知らせに走る段取りとなっております」

「長谷川も来ていると申すか」

定信のことばの語尾がかすれた。日頃の確執をおもいやって、こころが揺れ動いたかにおもえた。

八双に構えた新九郎が駆けつけざま、大刀を黒覆面の脇腹に叩きつけた。よろけた黒覆面の横腹から血飛沫が上がった。

「安国殿の参道が血に染まった。御神君に、申し訳がたたぬ」

定信がわめいた。

「敵には腕に覚えの者たちが揃っております。相手を倒すか、おのれが斬られて果てるか。どちらか、この場で決められるがよい」

「それは……」

定信が黙った。

「御家来がすでに傷ついておられます。血で境内を汚したは松平家が先」

「……存分にやれ」

聞き取れるか聞き取れぬかわからぬ、蚊の鳴くような声だった。

蔵人は斬りかかった者の刀を、下段からの逆袈裟で跳ね上げた。返す刀で脇差を抜きはなった腕を切り落とす。脇差ごと腕が地に落ちて、はずんだ。傷口を押さえてよろけた者を突き飛ばして、別の黒覆面が蔵人と向かい合った。

正眼に大刀を据えた。その構えに見覚えがあった。

「原田、伝蔵」

「結城蔵人、容赦はせぬ」

睨み合うふたりの間に、烈々たる殺気がみなぎった。

横合いから新九郎が斬りかかった。原田伝蔵が新九郎の刀を強く打った。力負けしたのか、たたらを踏んだ新九郎に、袈裟懸けの一撃がくわえられた。その刀を、蔵人が鎬(しのぎ)で受けた。力比べとなった。

「新九郎、御老中を頼む」

「承知」

定信を背にする位置にまわった。ぐるりに油断なく視線を走らせる。

多聞と木村又次郎、晋作と柴田源之進は、背中合わせにふたり一組となって戦っていた。蔵人の指示によるものであった。いままで暗殺された者たちの切り口からみて、原田伝蔵一味の剣技はなまなかなものではなかった。ひとりが危うくなったら、残るひとりが助けに入る。さらに背中合わせに戦っていれば、背後から斬りかかられる怖れはまったくなかった。

蔵人はじめ全員が力を尽くして斬り結んでいた。が、多勢に無勢。裏火盗に有利な状況とはいえなかった。

蔵人たちと暗殺隊の戦いを、木蔭からじっと見つめる三人の男がいた。ひとりは神尾十四郎であり、あとのふたりは仁七と無言の吉蔵であった。仁七たちは十四郎から少し離れたところに位置していた。さすがに名うての盗っ人としてならしたふたりであった。気配のひとつもさとらせてはいなかった。

「長谷川様へ御注進の頃合いかと」

仁七がいった。

「そのほうがよさそうだね。旗色が悪い」

吉蔵の視線は十四郎に注がれていた。

「行きやすぜ」

吉蔵がうなずいた。仁七が駆けだしていく。吉蔵は視線をもどした。

神尾十四郎は刀の柄に手をかけたまま、剣戟を凝視していた。鯉口はすでに切っていた。が、飛び出して斬り合いにくわわる様子は、毛ほども見えなかった。

「何をしてるんだ、神尾さん。いま飛び出さなきゃ、男になれねえ」

吉蔵が、つぶやいた。奥歯を嚙みしめたのか語尾がくぐもった。

「行くんだ、神尾さん」

吉蔵の声は、呻きに似ていた。

神尾十四郎の顔が、くしゃくしゃに歪んだ。いまにも泣き出しそうな顔にみえた。肩が大きく上下した。

吠えた。

「おれも」

刀を抜きはなって、一気に走り出た。

「おれも、一緒に戦わせてくれ。戦いたいんだ」

わめきながら斬り込んでいった。

見やる吉蔵の面に笑みが浮いた。

「それで、いいんだ、神尾さん。存分にやりなせえ」

黒覆面のひとりが気づいた。

「神尾。裏切ったな」

大刀をふりかざし、打ちかかった。

「こんどは、斬る」

十四郎は鎬で受けた。刀身をすべらせて一気に胸元に突きを入れる。大きく呻いて躰を激しく痙攣させ、転倒した。

「神尾、おのれは」

「十四郎、見事だ」

原田伝蔵と蔵人がほとんど同時に叫んだ。

「原田さん、おれが相手になる」

斬りかかってくる別の黒覆面たちの刀を右に左にと撥ねあげて、十四郎が迫った。原田伝蔵に斬ってかかる。

原田伝蔵が逆袈裟に刀を撥ね上げた。伸び上がった十四郎の生き胴に返す刀を打ち込んだ。紙一重の差であった。蔵人が上段から胴田貫を打ちつけた。大刀を押さえ込む。

「おのれ。かならず、斬る」

憎悪を剝き出して、一声吠えた原田伝蔵は数歩後退った。間合いがひろがる。

蔵人は動かず、低く下段に構えた。

原田伝蔵は、凝然と見据えた。はじめて見る構えであった。地面すれすれに切っ先をおいている。次なる一手は逆袈裟と推察できた。しかし、それほど単純な読み筋の手とはおもえなかった。

「鞍馬古流につたわる秘剣」

おもわず発したことばだった。蔵人は、応えない。その落ち着きはらった様相が、原田伝蔵を苛立たせた。

地を擦るばかりに下げられた胴田貫が、どんな動きをするか、脳裡で思い描いた。得意とする無住心剣流は、相手の攻めに応じて太刀筋が変化する、いわば受け身の剣技であった。仕掛ける場合は、相手を誘うときであった。

原田伝蔵は、

（仕掛ける）

と腹を決めて、半歩前に出た。蔵人は半歩下がる。間合いは変わらなかった。剣をあわせたときは気づかなかったが、時間がたつにつれて、

（結城蔵人、強い）

とのおもいを抱き始めていた。証は、切っ先にあった。地面すれすれにある胴田貫は、決してその位置を変えることはなかった。微動だにしない。

愛刀は胴田貫、とみてとったときから、

(実戦においてはかなりの使い手であろう)

と判じていた。胴田貫は肉厚の刀身を持つ、強靭(きょうじん)極まる刀である。なまくらな刀であれば打ち合っただけで叩き折ってしまう。よほどの膂力(りょりょく)を持ち合わせぬかぎり、並はずれた重さに、使いこなすことが難しい刀でもあった。

一見したところ細身の、優男(やさおとこ)としか見えぬ蔵人のどこに、胴田貫を自由に操る力が潜んでいるのか。

(よほどの修練を積んだにちがいない)

と推察せざるをえなかった。

涼しげな、男にしては優しげな眼を据えて、油断なく身構えている。

(役者にしてもいい顔)

無意識のうちに、おのれの容貌と引き比べていた。綾が忘れかねて、思慕を深めているのも無理からぬことかもしれぬ、とおもった。激したものが、躰の奥底から噴きあげてきた。

(負けぬ。おれには、無住心剣流の剣がある。なによりも、綾は、おれの妻なのだ)

逆恨(さかうら)みかもしれない。

「綾どのは姉を訪ねてきていたのだ。おれとは何のかかわりもない」

蔵人はそういっていた。数少ない出会いだったが、その人品骨柄からみて、嘘をいうような男ではないとおもえた。

（綾が、忘れかねて追いつづけているのだ）

理屈ではわかっていた。が、こころが、

（許せぬ。不倶戴天の相手）

と決めつけていた。

蔵人は、奇異なおもいにとらわれていた。手の内を読みとれぬ相手とみて、仕掛ける時期を計っている。そう断じていた。が、いまはあきらかに様子が違っていた。わずかの間ではあるが、魂がどこかへ失せたような様子があった。それでいて、正眼に構えた剣は、寸分の狂いもなく動きを封じこんでいる。

（おそるべき強さ）

驚嘆のおもいで見つめた。定信のことが気にかかっていた。視線を走らせた。裏火盗の面々と松平家の家臣たちが、定信を真ん中に円陣を組んでいた。睨み合っている。

凄まじい殺気を感じた。

裂帛の気合いが響いた。原田伝蔵の凄まじい突きが直撃した。蔵人は横に飛んで、避けた。身をかわすのが精一杯だった。生じた隙を見逃がさない。さすが、だとおもった。

蔵人は再び低い下段に構えた。原田伝蔵は正眼に大刀をもどした。

「助っ人が、来やした」

吉蔵が大木の蔭から飛び出して、怒鳴った。

仁七を先達に、十数人の武士が駆け寄ってくる。長谷川平蔵の顔がみえた。相田倫太郎、進藤与一郎らが鯉口を切り、大刀を抜きはなった。一行は飯倉天神近くまで迫っていた。

見咎めた原田伝蔵が吠えた。

「引きあげる。怪我人を残すな」

黒覆面たちが倒れ伏した仲間を抱き起こした。あるいは背負い、あるいは抱きかかえて踵を返した。原田伝蔵と数名の者が、蔵人たちに警戒の視線を配りつつ、後退った。陣形のとれた見事な退却ぶりといえた。

平蔵が、定信の前で片膝をついた。

「御老中。馳せ参じるに手間取りました」

「大儀」

松平定信には、いつもの傲岸(ごうがん)さがもどっていた。

三

参詣を中止し、上屋敷にもどった松平定信は、奥の座敷で平蔵、蔵人と向かい合っていた。

「本日、御老中を襲ったは、小普請組の原田伝蔵と仲間の旗本たちでございます。原田を操るは大目付・榊原摂津守殿」

「待て」

聞き入っていた定信が、平蔵のことばを断ち切った。

「証が、あるのか」

「われらが探索ではそのこと、あきらか。御老中に暗殺を仕掛けたのが、何よりの証拠でございまする」

「結城はどうみる」

視線を受けて蔵人が見つめ返した。

「長谷川様と同じ見解でございます。暗殺を仕掛けられたは御老中ご自身。われらが確たる証を得るまで、何の手立てもこうじなければ、今頃どうなっていたことか」

「おそらく、おのが骸（むくろ）を、安国殿の参道にさらしていたであろうな」

声が低く沈んだ。

うむ、と首をひねり、腕を組んだ。思案に暮れている。

平蔵と蔵人はつづくことばを待った。

燭台（しょくだい）の蠟燭（ろうそく）の炎が、大きく揺らいだ。

腕組みを解いて、いった。

「榊原摂津守は大目付だ。処断するには、それなりの手順を踏まねばなるまい。確たる証拠をつかんで、不届きのかど有りと捕らえて、評定所（ひょうじょうしょ）で裁くのが筋というもの」

平蔵が応えた。

「確たる証を摑むこと、なかなか難しかろうかと」

「なぜだ」

「榊原摂津守は、決しておのれが矢面（やおもて）に立とうとはいたしませぬ。寄り合って密談を交わしたとしても、その折りの話が御老中暗殺のことであったとは、その場におらぬかぎり証明できることではありませぬ」

定信は黙りこんだ。顔を上げて、いった。

「原田伝蔵をとらえるのじゃ。拷問して吐かせる。黒幕の名を聞き出す」

「小身とはいえ原田伝蔵は三河以来の直参旗本。若年寄の支配しかおよばぬ身分の者。火盗改メでは、とらえることができぬ相手でございまする」

「なら裏火盗ではどうじゃ。隠密裡に裏火盗でとらえて責める。これなら支配違いなど気にせぬともよい」

平蔵の面に皮肉な笑みが浮かんだ。

「これは異な事を。榊原摂津守も旗本。大身と小身の差があるのみ。なぜ原田なら裏火盗でとらえてよく、榊原ならいかぬのか、合点がいきませぬ」

「それは……」

言いよどんだ定信を見つめて、つづけた。

「原田伝蔵たちが此度の行動を起こしたは、三河以来の旗本の勢威を開府時にもどすため、その礎とならんと覚悟を固めてのこと。小身旗本たちの貧窮は眼をおおわんばかりでございまする。病にかかった小身旗本のなかには、治療代が払えず、おのが娘を吉原などの苦界に売った者もおりまする」

「それは、いかぬ。幕府の威信にかかわるではないか。なぜ、まわりが止めぬのじゃ」

「君に忠、親に孝と教え込まれて育った子供たちでございまするぞ。父母が病に苦しみ、薬代さえあれば治癒するとわかり、手元不如意、他に金にかえる品がなければ仕方のないこと。むしろ、孝女と褒め称えるがわれらにできる、せめてものことでございましょう」

「長谷川、そちは、政を批判しておるのか」

額に癇癖の証の青筋が浮いていた。

平蔵が平伏した。

「そう聞こえましたは、わが不徳のいたすところ。向後、気をつけまする」

「原田たちのこと、どうするつもりじゃ」

「支配違いの相手、若年寄のどなたさまかに探索のこと、命じられるがよろしかろうと」

「ならば、裏火盗ではどうじゃ。支配違いにかかわりなく探索、処断するが任務であろうが」

「裏火盗は長谷川様の麾下にある組織。長谷川様の下知がなければ、動くこと、叶いませぬ。小身旗本たちの不平不満、困窮の暮らしは私自身、いやというほど味わってきたことでもございまする」

蔵人も、平蔵にならって平伏した。

平伏したまま、身じろぎひとつしないふたりを睨みつけて、定信が甲高い声を上げた。

「わしが何とかする。下がるがよい」

「これにて」

平蔵は再び、深々と頭を下げた。

負傷した仲間の者たちを、町医者に担ぎ込んだ原田伝蔵は、付き添いの者を残して、屋敷へもどった。町医者には、

「破落戸浪人どもと、些細なことで喧嘩になっての。あげくの刃物三昧だ」

と怪我の理由を告げていた。

何人かは死ぬかもしれない。竹本三郎次からはじまって、さらに池上小弥太たちを失い、いま、また何人かの仲間を失おうとしている。そのいずれにも結城蔵

人がかかわっていた。

（よほど相性の悪い相手）

とおもわざるを得ない。

いつのまにか綾を閉じこめた座敷へ、足が向いていた。

戸襖を開ける。書見でもしているのか、綾は文机の前に坐っていた。振り返ろうともしなかった。

「綾」

「何か」

目は書物に注がれている。このところいつもそうだった。

「今日、結城蔵人と斬り合った」

躰ごと、綾が振り向いた。その眼が怒りと憎しみに燃え立っていた。

「まさか蔵人さまを傷つけるようなことを。万が一のことあらば、許しませぬぞ」

いままでは、あからさまに蔵人さまと呼ぶようになっていた。

「蔵人、さまか」

吐きすてた。見据えて、告げた。

「綾。おまえはおれの、原田伝蔵の妻なのだ。そのこと、忘れてはおるまいな」

「別れてくださりませ。去り状を書いてくださりませ」

「いったはずだ。おまえは、命の果てるまでおれの妻だと。おれはおまえの骸を抱いて、命尽きるまで暮らすのだ」

「恐ろしいことを」

「おう。気がおかしゅうなってしもうたのよ。恋して、恋して、恋しぬいた女を妻にした途端、裏切られ、疎まれて。おれは、おれのこころの行き場を、どこに求めればいいのだ」

　綾の胸ぐらをとった。

「夫婦とは、夫と妻とは、たがいを慈しみ、おもいあって、助け合って生きていくのではないのか。おれの、父上と母上がそうであったように」

「原田の家の舅、姑どのがどのような暮らしをなされていたか、わたしには一切かかわりございませぬ」

「なに」

　凄まじい剣幕に気圧されて、摑んだ襟から手を離した。

「わたしは人形ではございませぬ。わたしにはわたしの生き方があります。厭なのです。わたしは、あなたが嫌いなのです。蔵人さまに、恋い焦がれているのです。去り状を書いてくださりませ」

　原田伝蔵はおもわず後退っていた。

「さあ、いつものようにわたしを押し倒しなさいませ。裾をまくり上げ、胸元を押し拡げて、凌辱なさりませ。たとえこの躰が何度汚されようとも、こころはつねに蔵人さまのものでございます」

「綾……」

　拳(こぶし)が怒りに震えていた。戸襖に手をかけた。

「結城蔵人、近々、必ず、斬る」

　いうなり、荒々しく開けて、出ていった。閉めようともしなかった。歩き去る後ろ姿を、憎悪を剝き出して、綾が睨みつづけていた。

　雲一つない空に、燦々(さんさん)と昼の陽が輝いていた。裏火盗の面々は久々の休みをのんびりと過ごしていた。皆と昼餉(ひるげ)を終えた蔵人は濡れ縁に坐っていた。

(不思議な奴だ)

　前庭で木刀を手に新九郎と晋作、十四郎の三人が打ち込みの錬磨に励んでいた。

蔵人が、
（不思議）
とおもったのは十四郎のことである。昨日、増上寺から引きあげるとき、当然のような顔つきで、共に貞岸寺裏の家にもどってきた。新九郎の申し出もあり、その夜は浅草田圃そばの家に泊まった。居心地がいいらしく、そのまま居つくつもりらしい。

打ち込みは、後輩が先輩に打ってかかる稽古で、鍛錬する者の呼吸があっていなければ、ぎくしゃくして、うまくいかないものである。

が、三人には、永年、共に稽古をつづけてきた者同士が持つ、呼吸のあった動きがあった。新九郎が十四郎と晋作の打ち込みを受けている。晋作と新九郎は暇をみつけては打ち込みに励んでいた。が、十四郎ははじめてである。それが、何の違和感もなくとけ込んでいる。

（十四郎の人柄なのだ）

屈託のない、あっけらかんとした、多少厚かましいところのある、それでいて憎めない十四郎の性格が、皆に受け入れられている。引きあげてくるとき、大林多聞が微かに苦笑いを浮かべて十四郎を見た。

が、その眼には、敵意はなかった。むしろ、仲間が増えたことを歓迎している感さえあった。木村又次郎、柴田源之進にも咎めだてをする様子はなかった。新九郎と晋作には、加わる同年代の仲間への親しみが溢れていた。

蔵人は、あえて、

「神尾十四郎を裏火盗の一員とする」

とはいわなかった。いままでの成り行きがある。十四郎は味方とわかった。あとは、それぞれのこころのままに迎え入れてくれればよい、と判じていた。

蔵人は、打ち込みに眼を注いだ。さすがに皇神道流(すめらぎしんとうりゅう)の達人・葛城道斎が後継者とすべく鍛え上げた安積新九郎であった。剣の業前は、ふたりより遥かに抜きんでていた。

(腕を上げた。仕合ったら三本に一本は取られるかもしれぬ)

蔵人は、増上寺で新九郎が原田伝蔵に斬りかかったときのことをおもいおこした。新九郎の凄まじい一撃を、原田伝蔵は苦もなく弾きかえした。新九郎は不様によろけて、体勢を崩した。蔵人が助けに入らねば斬られていた。まさしく力負けであった。

原田伝蔵の剣技に蔵人の思考がうつったとき、背後でかすかな物音がした。振り向くと、湯気のたつ茶が満たされた湯飲みが置いてあった。座敷の端に雪絵が坐っていた。

「ありがたい。喉の渇きを覚えていたところだ」

手に取り、一口飲む。渋い、茶のいい香りが口の中いっぱいにひろがった。

「朝餉のあと、神尾さまがこっそりわたしのところに来られて、訊ねられました」

話しだす頃合いをはかっていたのか、雪絵が、口をひらいた。

「何を」

「吉蔵さんも裏火盗の仲間だったとはしらなかった。ただひとつ気がかりなことがある」

「気がかり……」

「吉蔵さんが、おれを誘ったのは蔵人さまの命を受けてのことであったのか、と仰られて」

「ありのままをつたえてくれたのだろうな」

「わたしを助けてくだされた。そのことに吉蔵さんは、神尾さまの男気を感じとられたのではないでしょうか。それで、しばらく自分のそばに置いてみたい、とおもわれたのでは、と話しました」

「十四郎は何といっていた」

「おれもそうおもう。おれは吉蔵さんが好きだ。吉蔵さんも、おれが好きなはずだ。そうおもっていたんだ。蔵人さんからいわれて、おれの面倒をみてくれたのなら、吉蔵さんへのおれの心持ちが変わってくる。そうなると、つらいことになる。実のところ、不安だったんだ。そう仰って笑われました。屈託のない、邪気のない笑顔でございました」

雪絵はことばを切った。すこし間をおいて、つづけた。

「むかし、この屋にいられたころとは、別人のような顔でした」

うなずいた蔵人は、視線を十四郎にもどした。三人は木の根に腰をおろして休んでいた。談笑している。十四郎が大口を開けて、笑った。雪絵のいうとおりであった。たしかに別人にみえた。蔵人の頬に微かな笑みが浮かんだ。

昼間の晴天が嘘のように、どんよりと黒い雲がたちこめた夜だった。

深川の料亭吉粋を出た原田伝蔵は、大川沿いの河岸道へ出た。

万年橋を渡ると新大橋となる。新大橋の際で立ち止まった。大川の水音が聞こえる。ささくれだったこころを鎮めてくれるような気がして、立ち去りがたいおもいにとらわれていた。何を見るでもなく川面に視線を落とした。

榊原摂津守からの急な呼び出しで、吉粋に出向いた原田伝蔵であった。

「今日お城で老中首座と出会った。失敗したのなら、なぜ知らせに来ぬ」

居丈高にいった。いつものように備後屋作兵衛、室町屋伊佐蔵、大洲屋儀助が同座していた。富裕な商人とはいえ町人であった。その町人の目の前で、小身とはいえ直参旗本を罵倒するなど、言語道断のこととおもえた。が、原田伝蔵は耐えた。失敗したのは事実であった。

（失敗の責めは、甘んじて受けねばなるまい）

頭を垂れたまま、次のことばを待った。

「何らかの手立てを講じて、老中首座の暗殺を仕遂げるのだ。事成就の暁まで目通りかなわぬ」

いいはなった榊原摂津守は、そのまま黙り込み、そっぽを向いた。それきり口をひらこうとはしなかった。

一刻（二時間）ほど宴席がもうけられた、その間、視線が合うことはなかった。

原田伝蔵は、盃に口をつけようとしなかった。酒を呑む気分ではなかった。

お開きになると同時に、そそくさと引きあげてきたのは、これ以上の忍耐に自信がなかったからであった。

大川は変わらぬ水音を立てていた。

原田伝蔵は、視線を、水面から天空にうつした。強風にあおられた暗雲が、風雲を告げるかのように渦を巻いていた。

「やるしか、あるまい」

不敵な笑みを浮かべた。

四

翌朝、原田伝蔵は若党を走らせ、一味の者たちを屋敷に呼び寄せた。

居並んだ旗本たちは十数人となっていた。

（かつては五十人近くいた……）

原田伝蔵の脳裡に、池上小弥太や竹本三郎次たちの面影が浮かんでは消え、再び浮かびあがっては走馬燈（そうまとう）のようにめぐって、廻った。

（あ奴らを犬死にさせるわけにはいかぬ。旗本の勢威を開府時に復するとの目的、果たさずにはおかぬ）

発せられる烈々たる気迫に、旗本たちに緊張が走った。

「松平定信を是が非にも仕留める。よい手立てはないか」

一同は顔を見合わせた。探り合っていた。

「なにか、おもいつかぬか」

再度問いかけた。見渡した視線を受け止めた者がいた。二十代前半の、一味の最年少だった。

「いってみろ。遠慮はいらん」

「は」

一膝乗りだして左右をうかがった。周りの旗本たちも目線でうながす。視線をもどして、いった。

「松平左金吾という大身旗本がおります。松平定信の甥にあたる血筋の者で」

傍らに坐っていた無精髭（ぶしょうひげ）の男が口をはさんだ。

「当分加役火付盗賊改方に任ずるとの、御老中の内旨（ないし）を受けた者だ。正式に御役に就くまで待ちきれず、勝手に浪人狩りをやったりしている」

隣り合って坐る年嵩の者がことばを継いだ。池上小弥太たちとそりがあわず、別派として行動していた破落戸旗本のひとりだった。よく悪知恵の回る男でもあった。

「内旨とはいえ御役を拝命した者だ。そやつを拐かしたら、松平定信はおびきだせる」

原田伝蔵が眼を細めた。

「おもしろい。ひっとらえて、脅しにかければ必ず定信め、出てくる。出てこなければ、骸を高札つきで日本橋にでもさらすか」

「それはいい。推挙した男、それも甥が何者かに殺され、骸をさらされる。武士としての誇りがあれば、安穏と今の地位に、居座りつづけるわけにはいかぬだろう」

破落戸旗本が酷薄に薄ら笑った。

（そのとおりだ。居座ろうとしても、幕閣の重職たちが、まず許すまい）

原田伝蔵はおもった。破落戸旗本がいった。

「松平左金吾はぶらり歩きが好きだという。屋敷を見張り、出てきたところを尾行して、ほどよいところで捕らえる」

「おれは知っているが、このなかに松平左金吾の顔を見知っている者はいるか」

原田伝蔵の問いかけに破落戸旗本が応えた。

「浪人狩りの折り、何度もみかけた。ここにいるほとんどの者が、顔を見ればわかるはずだ」

視線を流すと、座にいるほとんどがうなずいていた。

「直ちに行動にうつる。二人一組となって、交代で松平左金吾の屋敷を張り込む。おれと残りの者は、間近なところに茶屋などみつけて待機する。動き出したとの知らせを受けたら、すぐ合流する」

原田伝蔵は一同を見やった。

「どこぞで喧嘩を売る。それが一番手っ取り早い」

破落戸旗本らが、眼をぎらつかせて首肯した。


松平左金吾は、このところ鬱々とした日々をすごしていた。浪人狩りはあきらかにやりすぎだった。なによりも長谷川平蔵に借りをつくり、弱みを握られたのは失態だった。そのことが、気にかかってならないのだ。

忍び姿で盛り場へ出、悪所に入ろうとしても、

（悪所出入りが表沙汰になったら、当分加役火付盗賊改方の内旨は取り消されるかもしれない）

とのおもいが働き、店先で踵を返してしまう。仕方なく、蕎麦屋でひとり酒を呑むのだが、かえってさまざまなことをおもいおこして悩んでしまう。

松平左金吾は何事にたいしても執着の強い男であった。偏執的とでもいったらよいのか。ひとつのことに気が向いたら、そのことばかり考えつづけ、手立てを練り上げることなく、すぐに行動を起こした。

（おれは、御神君の血流を継ぐ者だ。何事においても、範となる動きをせねばならぬ）

つねにそう心がけてきた。が、ほとんどが、

（どうも、うまく運ばぬ）

と首を傾げる結果に終わる。それで、さらに考え込み、結果を出そうと焦る。悪循環であった。

松平左金吾の思考は、

（おのれがいかに目立つか）

の一点に絞りこまれていた。与えられた任務を仕遂げるより、おのれがいかに

有能で、偉大な人物であるかを具現化することに、全神経を注ぎ込んでいたといっても過言ではない。

何かというと松平定信を引き合いに出して、おのれが、いかに名門につながる者であるかひけらかしつづけたのも、

［虎の威］

を借ることでしか、［虎］に見てもらえない松平左金吾のなしうる、精一杯のことだった。

が、そのことにはまったく気づいていなかった。

左金吾は、手柄を求めてつねに焦っていた。

(正式な任命がないかぎり、当分加役火付盗賊改方として働けぬ。任務につかねば、手柄はたてられぬではないか)

左金吾には、任務に備え、あらかじめ準備しておく、との意識が完全に欠落していた。すべてが出たとこ勝負であり、目前の揉め事にたいしてはおもいつきで対処した。一応の形をつけるには、そのときそのとき、全力を尽くすしか手立てはなかった。そのため、

「手抜きをしている」

との意識はなかった。むしろ他より御役を真摯に、熱心につとめているとの矜持（きょうじ）さえあった。

この日、松平左金吾は苛立ちを押さえかねていた。

「こころの無聊（ぶりょう）を晴らすため」

との理由を言い立て、

「いまはお屋敷にて御書見などをなされて過ごされるとき」

と、口を酸っぱくしてとめだてする用人を振り切って、深編笠に着流しといった忍び姿で、深川の盛り場へ繰り出してきたのだった。

屋敷の近くで、深編笠をのぞき込むようにして顔をあらため、頭を下げた若侍がいた。見覚えのある顔ではなかったが、小袖に袴をはいた、粗末だがきちんとした身なりであった。旗本屋敷が建ちならぶ一画である。近所に住む旗本が散歩に出て、見知った者に出会って挨拶したとしかおもえなかった。

松平左金吾は深編笠の端に手をかけ、もちあげて面（おもて）を露わにし、挨拶を返した。

若侍は生真面目な顔つきで見つめていた。食い入るような目つきに、奇異なものを感じたが、それだけのことであった。踵を返し、歩きだした。

若侍は、行く先を見定めるかのように立ち尽くして、見送っている。

とある屋敷の塀蔭からひとりの武士が現れた。若侍をみやった。若侍が大きく首を縦に振った。うなずき返して、武士が松平左金吾の後を追って、歩きだした。若侍は原田伝蔵一味の最年少の者であり、武士は無精髭の男であった。尾行を見とどけた最年少は、脱兎のごとく走り出した。

深川八幡のあたりを松平左金吾はぶらついていた。夕七つ（午後四時）の時鐘が鳴り響いている。

着飾った芸者たちが通りを行きかっていた。色っぽい、美形と行き合った。深川に馴染みの料亭があった。もともと芸者遊びは嫌いではない。

（たまには活きのいい深川芸者を相手に、一晩しっぽりと濡れるのも一興）

とのおもいが頭をもたげてきた。こころが決まった。美形の芸者を求めて踵を返し、行きかけた松平左金吾の腰に軽い衝撃がつたわった。

（鞘がぶつかったのだ。ままよ、知らぬふりして行き過ぎるが得策）

そのまま立ち去ろうとした。

「待て。武士が、武士の大刀の鞘に鞘をぶちあてて、黙って行き過ぎるつもりか」

厳しさが声にこもっていた。聞き覚えがある気がした。

「すまぬ。考え事をしていたゆえ、気づかなんだ」

ゆっくりと振り返り、深編笠に手をかけたその顔が凍りついた。

「原田、伝蔵……」

おもわずつぶやいていた。前に立つ原田伝蔵に、馬の前足を斬り飛ばし血刀を下げて睨み据える、威圧に満ちた、あの日の姿が重なった。

「深編笠をとられ、名乗られよ」

松平左金吾はいわれるがままに深編笠をとった。

「松平左金吾と申す」

原田伝蔵の面に侮蔑(ぶべつ)しきった嘲笑が浮いた。

「これはこれは、町中で馬を疾駆させ、いたいけな幼子を蹴殺そうとなさった御(ご)仁(じん)か」

「殺すつもりなど毛頭なかった。勢いがあまった。ただそれだけのことなのだ」

瞬(まばた)きひとつしない目が、恐怖心を誘った。

「どうすればいいのだ」

「この始末、いかがなさる」

あくまでも左金吾に返答をうながす態度が、さらなる脅えと、混乱を引き起こした。

「いかなるお詫びもする。なにとぞよしなに」

頭を下げた。

重苦しい沈黙があった。

町行く人々が遠巻きに眺めている。野次馬たちが、おのれの不様さを嘲笑っているかのように感じられた。

原田伝蔵が、いった。

「ゆっくりと話し合いのできる処へまいろう」

「どこへでも、同道仕る。拙者に他意はない」

仕合って勝てる相手ではなかった。どうやら斬り合いだけは避けられた。安堵のおもいに、松平左金吾は愛想笑いすら浮かべていた。


その夜、長谷川平蔵と結城蔵人は、本八丁堀近くの堀川沿いにある白河藩控屋敷の奥座敷にいた。日頃は上屋敷に呼ばれることが多かった。

定信からの緊急の呼び出し状に、

「控屋敷に参られたし」

と書かれていたことから、

（尋常ならざる事態が発生したに相違ない）

と蔵人、平蔵ともに推断していた。

案の定、異変は起こっていた。

平蔵と蔵人の前に、一枚の書状が置かれていた。書状の主は松平左金吾であった。

原田伝蔵と問題を起こした。すれ違い様、大刀の鞘があたったのが紛争のもとだが、何度詫びを入れても許してもらえない。明宵五つ（午後八時）、叔父上ひとりにて、上野寛永寺は屏風坂上の慈眼堂前まで、我が身を引き取りに来てくだされば解き放たれる。是非、来ていただきたい、と書き記されてあった。

「何卒、何卒、わが命助けていただきたく、切にお願い仕る　叔父上様　左金吾」

と末尾にあった。

書状を読み終わったにもかかわらず、口をひらこうともしない平蔵と蔵人に、焦れて定信が声をかけた。

「いかがしたものであろうか」

「相手にせぬが一番でござる」

平蔵が応じた。抑揚のない、感情の失せた口調だった。

「相手にせねば、どうなる？」

「骸がひとつ増えるだけのこと」

「やはり……」

「敵は原田伝蔵でござる。真の狙いは御老中。そのことご承知のはず。身柄を押さえた松平左金吾殿は、はなから命を奪うつもり」

蔵人が横からことばを添えた。

「松平左金吾殿は仕掛けられたのでござる。隙をみて、わざと鞘をぶつけたに相違ありませぬ」

定信は眼を閉じた。どう決断していいか迷っていた。軽く息を吐き出して、いった。

「わしが行かねば左金吾は殺され、骸はどこぞにさらされる。そういうことだな」

「御老中の失脚こそが、原田らの究極の目的。松平左金吾殿の骸がさらされ、政への不満あり。天誅（てんちゅう）のためこれを殺す、などと書き立てた高札がそばに立てられていたら、ただではすみますまい」

「幕閣の重職たちはもちろん、上様においても、恥を知ってこそ武士、と責めたてられるであろうな。ましてや、以前しくじりのあった松平左金吾を、独断で当分加役火付盗賊改方に任ずると決めたわしへの責めは、二重の重みの、厳しいものとなるであろう」

平蔵は黙っている。蔵人はふたりのやりとりにじっと聞き入っていた。

「助けて、くれぬか」

蚊の鳴くような声だった。

「支配違いのこと、手出しはしかねまする」

平蔵の返答はにべもなかった。

「このこと、若年寄には頼めぬ。わしに幕政改革を為し遂げさせてくれぬか」

「一言申し上げたきことがございます。長谷川平蔵は徳川家直属の臣、直参旗本でございまする。仕えるは徳川家のみ。御老中も、かつて老中職にあった田沼様も、そのときそのときの幕政の舵取りをなさっておられるお方。ただそれだけのこと。幕府隆盛のため、持てる力のすべてをおのが任務に注ぎ込むことだけが、おのが務めと心がけております」

定信の面が朱に染まり、癇癖の証の青筋が額に浮いた。しばらく睨みつけていたが、まっすぐに見返す平蔵から眼をそらして、いった。

「明日のことだ。助けてくれと、頼むしか、わしには手立てがないのじゃ」

「三点約定していただきたい。第一は」

「第一は」

「榊原摂津守の隠密裡での処断を認めていただきたい。榊原の命がある限り、第二、第三の原田伝蔵が生まれてくるは必定」

「第二は」

「原田伝蔵一味の家禄の安堵。第三は呼びかけに応じて改心した者を助命し、罪を咎めぬとの約束」

「わかった。そのこと、書面にしたためる」

定信は土鈴を鳴らし、宿直を呼んだ。硯を持ってこさせ、約定書を書きあげた。

読み終わった平蔵は、墨跡も乾かぬ約定書を巻いて、懐にねじこんだ。

「すべて私の指示にしたがっていただきまする。明朝にもこれなる結城を差し向けます。詳しいことはその折りに」

「頼りにしておるぞ」

頭を下げた平蔵は、蔵人を振り向いて、告げた。

「このまま貞岸寺裏の裏火盗の本拠へ参る。至急、皆を集めてくれ」

「緊急のことがあろうかと、今夜は皆を待機させております」

「これにて」

平蔵の挨拶を受け、定信が首肯した。平蔵が立ち上がった。蔵人がつづく。戸襖を開けて、出ていく平蔵と蔵人を見送った定信が、口惜しげに呻いた。

「おのれ、長谷川。立場をわきまえぬ雑言(ぞうごん)。この屈辱、忘れぬ」

醜く歪んだ顔は、つねのときとは大きく変貌していた。青鬼が本性を剝き出したとしか見えぬ、悪意に満ちた形相(ぎょうそう)だった。閉じられた戸襖を凝然と睨みつづけていた。

五

若党は廊下に立って戸襖ごしに綾の様子をうかがった。

「決して外へ出してはならぬ」

と主から命じられていた。履物はすべて若党が管理していた。履物も履かずに出かけるとはおもえなかった。

首を傾げた。座敷に人のいる気配はなかった。不安にかられて、戸襖に手をかけた。まだ迷っていた。

「奥様」

おずおずと声をかけた。なかから返答はなかった。ついに意を決した。

「開けまするぞ」

声をかけ、開けた。

若党は愕然と立ち尽くした。

座敷に綾の姿はなかった。

綾は、原田伝蔵たちの後を尾けていた。蔵人がすげ替えてくれた鼻緒のついた、古びた草履を履いている。履物すべてを若党がとりあげたとき、気づくことなく、唯一見落とした草履だった。原田伝蔵もさすがに面子(めんつ)にこだわったのか、綾が箪笥の奥深くしまいこんでいた草履のことは、若党には告げていなかった。それ故の落度といえた。

夜になって、昨夜来集まって、何やら騒ぎたてていた旗本たちが出かけた。原田伝蔵が出がけに部屋へやってきて、告げた。

「おまえが泣いて喜ぶ土産がまもなく手に入る。楽しみに待っておれ」

抑揚のない口調だった。が、その眼に宿る冷酷な光を、綾は見逃がしてはいなかった。

(蔵人さまと果たし合いをするのだ)

そう感じとった綾は、原田伝蔵たちが出かけるのをみとどけ、庭から裏門へ向かったのだった。

(もし仕合う相手が蔵人さまでなかったら、そのまま鎌倉の東慶寺へ向かう)

と覚悟を決めていた。

原田伝蔵たちは、見知らぬ武士を取り囲み、声高に話しあいながらすすんでいく。男たちは、これから起きることに興奮しきっている様子だった。その高ぶりが、いつ気づかれてもおかしくない、綾の尾行を可能にしていた。

大川橋を渡った一行は浅草広小路を突っきり、突き当たりにある東本願寺を右へ折れた。

(このまますすむと寛永寺は屏風坂近くに出る。参詣するにはふさわしくない時刻……)

武家屋敷や寺院が軒を連ねる一帯であった。すでに人通りはなかった。が、怖いとはおもわなかった。

（蔵人さまに会えるかもしれない）

とのおもいが綾を勇気づけていた。見え隠れに後を尾けていく。

慈眼堂の前に人待ち顔で立つひとりの武士がいた。鼠色の小袖、袴も夜陰に溶け込む、濃緑のものを着用していた。武士は、松平定信であった。目立たぬようにと、蔵人が用意した出で立ちであった。

屏風坂をのぼってくる足音が聞こえた。見ると、やってくる数人の武士たちの姿がみえた。

「一味は十数人ほどときいていたが、どこぞに伏勢を配したか……」

低くつぶやき、ぐるりと見渡した。

屏風坂の左右には木々が生いしげっていた。まさに深山幽谷であった。境内のいたるところに屹立（きつりつ）し、乱立した木々が夜空を切ってそびえ立っている。身を隠す場所はいたるところにあった。

蔵人からは、敵から眼を離すな、と強くいわれていた。その蔵人がどこに身を潜めているか定信も知らない。定信は単身ここへやって来た。

「徒党を組んで往来をゆけば、敵のだれぞの目に触れるかもしれませぬ。ひとりで、と要求されていること。そのことばどおりに、ひとりで行かれるが最良の策」

との蔵人の進言をうけいれてのことだった。

約束の時刻が近づくにつれ、死地にいるとの実感が深まってきた。が、こころは平静を保っていた。死ぬことはない、との確信があった。不思議だった。その確信の拠って立つところに気づいたとき、定信は、錫杖で脳天を打ち据えられたかのような衝撃を覚えた。

（結局のところ、わしは長谷川や結城を、腹の底では信じ、頼りにしていたのだ）

不意に湧いたおもいに戸惑っていた。長谷川平蔵は、おのれの主張するところを決して譲らぬ硬骨の士であった。それだけに、扱いにくい部下といえた。結城蔵人もまた、若年ながらもおのれの信念を曲げぬ、不器用きわまる生き様を貫く、戦国武者の魂を継ぐ者とおもえた。

（わずかな動きも見逃さぬ）

定信は上ってくる一行を瞠目した。

「日頃から軽率妄動をつつしめと申しておったに、愚か者めが。叔父甥のつきあいも今宵が最後とおもうがよい」

厳しく言いはなった定信に、松平左金吾が慌てた。原田伝蔵、したがう数名が半円の陣形を組み、取り囲んでいる。

「叔父上、それでは当分加役火付盗賊改方任命の内旨は取り消されると」

「たわけ。ただ助かりたいとのおもいにかられて、おのれが置かれた状況も見失ったか。こ奴らが、生かしてわれらを帰してくれるとおもっていたのか」

「それは……」

松平左金吾が口ごもった。声がかかった。

「さすが松平定信様。読みは確かでござったな」

「そちが……」

「原田伝蔵、この場でお命頂戴仕る」

大刀を抜きはなった。旗本たちも抜き連れた。

「先日は黒覆面をしていたが、なかなか不敵な面構え。わしに幕政改革のための命を与える気はないか」

定信のことばには応えず、原田伝蔵は正眼に構えた。

「此度(こたび)のことは不問に処す所存でいる。この場から去った者たちは罪には問わぬ。家禄も安堵する。引きあげてくれぬか」

無精髭と最年少が顔を見合わせた。横目でとらえた原田伝蔵が吠えた。

「欺(あざむ)かれてはならぬ。われらの目的は、直参旗本の勢威を開府時に復すること。ただその一事あるのみ。忘れてはならぬ」

一歩踏み出したそのとき、傍らの大木の枝から、黒い影が原田伝蔵めがけて飛来した。閃光(せんこう)が走る。宙からの剣の一閃であった。横に飛んで、原田伝蔵が身をかわした。

「忍び」

つぶやき、八双に構えた。

地に降り立った黒い影は向き直り、低く下段に構えた。鼠色の小袖に濃緑の袴。定信と同じ出で立ちであった。

「その構え、結城蔵人。そうか、鞍馬古流とは忍びにつたわる剣法か」

蔵人は応えない。半歩迫った。雲の切れ目から顔を出した下弦の月が、面を淡く照らし出した。

原田伝蔵が正眼に構えなおす。

剣戟の音が響き渡った。

「待ち伏せしていたのか」

原田伝蔵が眦(まなじり)を決したとき、ぐるりの木立のなかから、斬り合う数組の者たちが躍り出た。破落戸旗本らと斬り合っている者たちはいずれも鼠色の小袖、濃緑の袴を身につけていた。

遠目では、どれが定信か、見極めのつかぬ出で立ちといえた。みとどけた定信は、衣服を手渡すときに、

「目立たぬようにこれを身につけていただきます」

と蔵人が告げたことばの意味を、はじめて解していた。

剣戟の場は混乱を極めている。相手の顔を確かめながら戦う余裕など、よほどの剣の使い手でないかぎりのぞめることではなかった。

出で立ちが酷似している。それも夜陰に溶け込む色となると、にわか仕立ての、多数の定信の影武者が出現したことになりはしないか。定信は、蔵人と平蔵の深謀に感嘆のおもいを抱いていた。

原田を、蔵人と挟み撃つかたちで、安積新九郎が迫っていた。背後には神尾十四郎の姿があった。ふたりとも定信と同じ出で立ちをしていた。

大林多聞と柴田源之進、木村又次郎と真野晋作が、ふたり一組となって戦っていた。

大林多聞に向かって、破落戸旗本が獣の咆哮に似た気合を発し、上段から斬りかかった。多聞が身をかわした。大きく空を切った破落戸旗本は、勢いのままに走り抜け、そのままもどることはなかった。背中を丸めて、必死に屛風坂を駆け下りていった。その姿を晋作と多聞は、呆気にとられて見やった。背中合わせで戦う、つねの形は崩していない。

それは、突然起こった。

慈眼堂を遠巻きに、御用と書かれた高張提灯が、木立のなかにかかげられた。

「これは」

原田伝蔵が、驚愕の眼を剝いた。

木立から数人の男たちが、慈眼堂へ向かって駆け寄ってきた。寛永寺見廻りの寺社方の役人たちとみえた。

定信を背後にかばう形で立った、見廻役の頭格が口をひらいた。

「火付盗賊改方長官・長谷川平蔵である。御老中の特命を受け、寺社方になりかわり警固の任に就いていた。まずは鎮まれ」

支配違いの寛永寺でのやりとりであった。平蔵は、

「大盗っ人・茨木の万造が寛永寺宝物蔵の宝物を狙っている、との情報を得たため、特に探索のこと、お許し願いたい」

との理由をつけ、定信から寺社奉行につたえてもらった。老中首座からの申し入れである。寺社奉行に否やはなかった。慈眼堂から宝物蔵へ通じる一帯は、寺社方の見廻役に擬した、火盗改メの手の者で固められることになった。

（この手配りなら、事が表沙汰になることはまずあるまい。さすがに長谷川）

策を蔵人から告げられたとき、定信は驚嘆し、心中で唸った。そのことを平蔵の背を見つめながらおもいおこしていた。

平蔵の登場に、原田らは動きを止めた。

「御老中からお言葉があったはず。御老中にはお主たち直参旗本の、止むに止まれぬ心情をくみ取られた。この場から引きあげる者の罪は問わぬ。斬り死にした者も、家禄は安堵される。一連の事件はなかった。一場の夢だったのだ。夢は、目ざめれば消える幻にすぎぬ。忘れることじゃ」

旗本たちが顔を見合わせた。平蔵がことばを重ねた。

「ええい。何を躊躇する。早く立ち去れ。立ち去らぬか」

無精髭が原田を見た。

一言も発さず、顔をそむけて走り去った。最年少がつづいた。原田伝蔵は、凝然と見つめている。面に何の変化も見られなかった。仲間の旗本たちが逃げ去ったのを見とどけて、蔵人に向き直った。

「勝負」

再び正眼に構えた。

「やめてくれ、原田さん。戦えばどちらかが倒れる。相討ちならふたりとも死ぬことになる。もう終わったんだ」

十四郎が叫んだ。声に必死なものがあった。

「そうはいかぬ。これは私怨だ」

原田伝蔵が蔵人を睨みつけた。

「結城、蔵人。貴様を倒さぬかぎり、おれは生きていけぬ。おれのこころの置き場が、なくなる」

「やむをえぬ。勝負、受けよう」

蔵人は低く下段に構えた。たがいに半歩間合いをつめたとき、

「やめて、やめてくださいませ」

悲鳴に似た声が上がった。大木の根もとから、黒い影が湧き出た。小走りに駆け寄ってくる。

綾だった。

「あなた、やめて。蔵人さまはわたしの命。わたしのことはあきらめて下さいまし」

「綾」

原田伝蔵が呻いた。構えは崩していない。

「蔵人さま、これより何としても東慶寺へ駆け込みます。原田との縁が切れましたら、わたしをおそばにおいてくださいまし。下働きでもいい。死ぬまでおそばに」

「おのれ、綾。おまえは、おれの妻。死ぬまで、おれの妻だと、いったはずだ」

吠え立てるや一跳びし、振りかざした大刀を、袈裟懸けに綾の躰に叩きつけた。

原田伝蔵の剣は、一分の狂いもなく綾を仕留めたかにみえた。よろけた綾の足がもつれて、草履の片方がはずれた。数歩すすんで、よろめき崩れた。

綾は絶命してはいなかった。原田伝蔵の刃は恋女房への未練からか、わずかに急所を外していた。半身を起こして、蔵人へ向かって手を伸ばした。

「蔵人さま、綾のこころは、いつも、いつまでも蔵人さまのもの……」

そこまでだった。かかげられた手が小刻みに震えたかとおもうと、一気に力尽きて地に伏した。

「綾」

原田伝蔵の顔が歪んだ。はっきりと聞き取れるほどの歯ぎしりが響いた。

「哀れな……」

その声に顔を上げた原田伝蔵の眼が、綾の草履の後ろに立つ蔵人の姿をとらえた。

「その草履が、その草履が、すべてのはじまりだった」

原田伝蔵の声は呪詛(じゅそ)ともおもえた。

「迷うことは、なかったのだ。綾どのは、だれが何といおうと、原田伝蔵、おぬしの、ただひとりの妻だったのだ。わかりあおうと、努めつづけねばならなかったのだ。それを、こんな、草履ひとつのことで」

「いうな。貴様を斬る。それだけが、いまの、おれの望みだ」

正眼に大刀を据えた。

蔵人は低く下段に構えた。胴田貫の先に、ふたりの勝負をあくまでもとめだてするかのように、綾の草履が転がっていた。

ふたりは睨み合ったまま動かない。見つめる平蔵たちも、発せられる凄まじい気に圧せられ、金縛りとなっていた。

原田伝蔵の足が地を蹴った。

蔵人の躰がさらに低く沈んだ。胴田貫の切っ先が、綾の草履を原田伝蔵の顔面に向けて撥ね飛ばしていた。

半ば反射的にふるった原田伝蔵の刀は、みごと綾の草履を、鼻緒から縦に両断していた。ふたつに裂かれた草履は、緒をかすかに風に揺らして、宙へ飛んだ。すげ替えに使われた蔵人の手拭いは、どこへ失せたか、見いだせなかった。

蔵人は、駆け抜けざま、原田伝蔵の右脇から左脇下へ向けて、逆袈裟に胴田貫を振るっていた。

よろけた原田伝蔵は綾に向かって数歩すすんだ。前のめりに倒れた。

「綾。おまえを離さぬ。おまえは、おれの、妻、だ」

這おうとして地面に爪を立てた。上体がわずかにすすんだ。が、それまでだった。

「あ、や」

一声上げて、顔を地面に叩きつけた。

蔵人は、右下段に胴田貫を構えて、しばらくじっと見つめていた。油断なく、歩み寄る。原田伝蔵の鼻先に手をかざした。綾の骸が間近に横たわっていた。綾の手が、伝蔵の手をのばせば重ねられるところに位置していた。

蔵人は原田伝蔵の手を取った。持ち上げ、綾の手に重ねようとした。

瞬間、蔵人の動きが止まった。泥が食い込んだ原田の手の爪がはがれかけ、血塗れとなっていた。妄執の証とおもえた。

「……迷うたままが、よいのかもしれぬ」

つぶやいた蔵人は、その手を元あったところにそっと置いた。

「鞍馬古流につたわる秘剣、花舞の太刀。此度は振るうべきではなかった……」

その場にいた、誰ひとりとして、そのことばを聞きとることはできなかったであろう。かすれた、低いつぶやきだった。

花舞の太刀は必殺の技であった。蔵人は原田伝蔵を嫌いではなかった。つきあえば友にもなり得た相手、とのおもいが強い。後悔の念が、蔵人のなかで頭をもたげて、揺れていた。

翌日の深更、札差室町屋の蔵に、ふたりの盗っ人が忍び入っていた。仁七と無言の吉蔵であった。池上小弥太らが回船問屋永代屋に押し入ったときに盗んだ品々を、仁七が、盗人の仕業にみせかけるために、池上の屋敷から持ち出してきていた。その品の一部を室町屋の蔵に隠し、室町屋伊佐蔵こそ「世直し」一味の黒幕のひとり、との濡れ衣をきせるための仕掛けだった。すべて、

「おのれの欲得のために、原田たちに軍資金を渡し、操った商人たちのやり方がどうにも我慢ならぬのだ。引っ捕らえて、二度と悪事を企まないようにしたいのさ」

という長谷川平蔵のことばから始まったことであった。

持ちこんだ品を蔵の一番奥、積み上げた米俵の蔭に隠して、吉蔵がいった。

「ここらでお開きとするかい。今夜は、あと二軒まわらなきゃいけないからね」

「盗みは何度も重ねやしたが、盗品を持ちこんで隠すのははじめてで」

仁七が唇を歪めた、いつもの笑みを浮かべた。

「楽しそうだね、仁七さん」

「無言のお頭も、やけに楽しそうにみえますぜ」

「家人に気づかれることなく忍び込む。性分なのかね。忍び入るときのわくわく

する気分が大好きなのさ。久しぶりにいいおもいをさせてもらった」

「絹問屋の備後屋と米問屋の大洲屋。どっちにしますか」

「絹問屋の備後屋にしようや。行くよ」

吉蔵は懐から黒布をとりだし、馴れた手つきで盗っ人被りをした。


寛永寺慈眼堂前の事件から二日目の夜、榊原摂津守は供ふたりを連れて堀川沿いの通りを歩いていた。定信が生きながらえていることを知った榊原摂津守は、深川の料亭吉粋に備後屋作兵衛らを呼びつけ、今後のことを密談した。

「お駕籠を用意いたします」

との備後屋の申し出を、

「酔いをさましたい。夜風に吹かれるも一興」

と断っての夜歩きであった。

前方に小橋があった。欄干そばに武士がひとり立って、川面を眺めていた。屋敷へもどる道筋であった。榊原摂津守たちは小橋を渡ろうとした。

「大目付・榊原摂津守殿でござるな」

声がかかった。声の主は、欄干脇にいた武士、結城蔵人だった。裏火盗の面々

に榊原摂津守の張込みを命じていた蔵人は、

「榊原は悪仲間の商人たちと吉粋で密談しております」

と柴田から知らせを受け、急遽深川へ出張ってきたのだった。新九郎らが近くのどこぞに身を潜めて、事の成り行きを見つめているはずであった。

「榊原摂津守なら、何とする」

蔵人はことばを発しなかった。胴田貫を一閃した。榊原摂津守の首が血を滴らせながら宙を飛んだ。地面に落ちて跳ねあがり、転がった。

供の侍たちは、あまりの早業に度肝を抜かれて、棒立ちとなっていた。ふたりの間を悠然と蔵人が通り過ぎていった。

「殿が」

「殿の首はどこだ」

背後で侍たちの慌てふためく声が響いた。

蔵人は振り返ろうともしなかった。そのまま、歩きさっていく。

数日後、空は爽やかに晴れ渡っていた。

長谷川平蔵が、周囲に警戒の視線を走らせながら、石川島人足寄場の海際を小走りにやって来る。人足はもちろん、役人もめったに姿を現さないあたりであった。

立ち止まった平蔵がまわりを見回した。

「長谷川さま」

呼びかける仁七の声があった。蘆の蔭から漕ぎ出してくる一艘の猪牙舟がみえた。舳先近くに蔵人が坐っている。仁七は器用に棹を操り、岸辺に横付けした。

「務めを抜けだしての骨休めじゃ。仁七と吉蔵がよく働いてくれたおかげで、昨日は三軒も大店をまわって捕物をやった。主人は獄門。店は闕所。悪の報いは高くつく、だ。ああ、もうくたくたじゃ」

小声でいいながら、平蔵が乗り込む。脱いで丸めた羽織を枕代わりに、舟板に横になった。

「見つかるといかん。早く出せ」

「わかりやした。浪も静かだ。寄場のお役人衆の眼の届かぬ沖合までまいりやしよう」

仁七は、櫓を漕ぎ始めた。

江戸湾の沖で、平蔵と蔵人は釣り糸を垂れていた。

「やっぱり、あれでよかったのだろうよ」

唐突な平蔵の一言だった。

訝しげに見やった蔵人を横目でとらえて、つづけた。

「原田伝蔵の手を、女房どのの手に重ねてやろうとした一件さ」

「……あのときは、あれが一番だとおもったのですが」

どうすればよかったのか、いまだにわかりかねていた。

「男と女は、好いて好かれているときだけの、ただそれだけの間柄なのさ。こころが離れればそれで終わる。そう割りきれば、なおさらいまのかかわりが大事になる」

「無理を押しつけようとした。そういうことかもしれませぬな」

「聞き覚えた常磐津を唄ってやる。男と女とは何かがすこしはわかるかもしれぬぞ」

平蔵は常磐津の一節をうなり始めた。

〈ひとりでいるときゃ　肌さみしくて

ふたりでいるときゃ　うとましい

別れて暮らせば　よかろうと
おもうそばから　離れられぬ
男と女は　厄介ごとの　積み重ね〉
蔵人は猪牙舟を揺らす、柔らかな浪の動きに眠気を覚えていた。
（いい声だ。捨てたものではない）
聞き入りながら、いつしか眠りに落ちていた。
鷗が鳴きながら、群れ飛んでいる。すべてが平穏のなかにあった。

【参考文献】

『江戸生活事典』三田村鳶魚著・稲垣史生編　青蛙房
『時代風俗考証事典』林美一著　河出書房新社
『江戸町方の制度』石井良助編集　人物往来社
『図録　近世武士生活史入門事典』武士生活研究会編　柏書房
『日本街道総覧』宇野脩平編集　人物往来社
『図録　都市生活史事典』原田伴彦・芳賀登・森谷尅久・熊倉功夫編　柏書房
『復元　江戸生活図鑑』笹間良彦著　柏書房
『絵で見る時代考証百科』名和弓雄著　新人物往来社
『時代考証事典』稲垣史生著　新人物往来社
『長谷川平蔵　その生涯と人足寄場』瀧川政次郎著　中央公論社
『考証　江戸事典』南条範夫・村雨退二郎編　新人物往来社
『新版　江戸名所図会　～上・中・下～』鈴木棠三・朝倉治彦校註　角川書店
『武芸流派大事典』綿谷雪・山田忠史編　東京コピイ出版部
『大江戸ものしり図鑑』花咲一男監修　主婦と生活社
『江戸切絵図散歩』池波正太郎著　新潮社
『寛政江戸図』人文社

『嘉永・慶応　江戸切絵図』人文社

コスミック・時代文庫

裏火盗裁き帳(うらかとうさばきちょう)

五

2024年1月25日　初版発行

【著 者】
吉田雄亮(よしだゆうすけ)

【発行者】
佐藤広野

【発 行】
株式会社コスミック出版
〒154-0002 東京都世田谷区下馬 6-15-4
代表　TEL.03(5432)7081
営業　TEL.03(5432)7084
　　　FAX.03(5432)7088
編集　TEL.03(5432)7086
　　　FAX.03(5432)7090

【ホームページ】
https://www.cosmicpub.com/

【振替口座】
00110-8-611382

【印刷／製本】
中央精版印刷株式会社

乱丁・落丁本は、小社へ直接お送り下さい。郵送料小社負担にて
お取り替え致します。定価はカバーに表示してあります。

ISBN978-4-7747-6530-3 C0193